岁月心声

格律诗词集

张树相 著

中国社会科学出版社

图书在版编目（CIP）数据

岁月心声：格律诗词集 / 张树相著． -- 北京：中国社会科学出版社，2025.6． -- ISBN 978-7-5227-5090-3

Ⅰ．I227

中国国家版本馆 CIP 数据核字第 2025NW9001 号

出 版 人	季为民
责任编辑	郭晓鸿
特约编辑	张　剑
责任校对	师敏革
责任印制	戴　宽

出　　版	中国社会科学出版社
社　　址	北京鼓楼西大街甲 158 号
邮　　编	100720
网　　址	http://www.csspw.cn
发 行 部	010-84083685
门 市 部	010-84029450
经　　销	新华书店及其他书店

印　　刷	北京君升印刷有限公司
装　　订	廊坊市广阳区广增装订厂
版　　次	2025 年 6 月第 1 版
印　　次	2025 年 6 月第 1 次印刷

开　　本	710×1000　1/16
印　　张	14
字　　数	119 千字
定　　价	88.00 元

凡购买中国社会科学出版社图书，如有质量问题请与本社营销中心联系调换
电话：010-84083683
版权所有　侵权必究

1999年陪同中国社会科学院院长李铁映视察
中国社会科学出版社

1993年2月15日,同人民出版社政编室主任王乃庄与
《宋庆龄选集》顾问、《宋庆龄传》作者
爱泼斯坦和中文译者沈苏儒合影

1995年在《陈毅年谱》出版座谈会上发言

1996年9月出席第二届全国图书审读会

1999年出席《西方美学史》编撰学术研讨会

2001年8月2日在哈尔滨一学术会议上与
《社会思维学》第一作者曾杰等学者交谈

2002年出席《二十世纪中国百项考古大发现》出版座谈会

2005年3月14日代表中国社会科学出版社领奖

自序

PREFACE

    受小学和中学古诗词课的影响，我早就喜爱上了古诗词。课文中的《春晓》《静夜思》《赠汪伦》《悯农二首》《黄鹤楼送孟浩然之广陵》《望庐山瀑布》《茅屋为秋风所破歌》《念奴娇·赤壁怀古》《木兰诗》等名作词的魅力一直吸引着我。特别是《毛主席诗词》发表并在"文化大革命"中推广学习后，我对古诗词更产生了兴趣。但因学习紧张、工作繁忙，加之旧体诗在过去很长时间也没有创作的社会氛围，故始终没有把创作提上自己的生活日程。虽然心血来潮时也作过些许自认的古诗词，但多不合章法，只可勉强称作顺口溜。

    退休后，基于对唐诗宋词的兴趣，出于健脑养生、长享晚年幸福的愿望，更出于讴歌伟大祖国新时代的情怀，我特意加入了中国社会科学院为离退休干部组织的"秋韵诗社"，从此才真正开始了对唐诗宋词的鉴赏和习作。在诗社里，经常听取专家学者关于律、绝、词的讲座和诗友们的创作经验介绍，参与每周对诗友习作的评论切磋，使自己对律、绝、词的鉴赏与写作能力逐渐提高。特别是诗社还办有《秋韵》内刊，鼓励大家提交创作成果在该刊发表，这更激发了自己对诗词创作的动力。正是这些活动的参与，使我有幸攒得了这本诗词集。

集子中的大部分作品是退休后所写,均效法了唐诗宋词的格律。众所周知,唐诗宋词之所以成为中国国粹,至今为诗歌爱好者所青睐,就是由于有严格的格律规定,使古风诗得以改造升华,更具美感。所以,本人也对唐诗宋词的格律情有独钟,所作诗词,尽求合于格律。但由于对格律尚不精通,对古音韵更不熟悉,难免有"出格"之处。由于文学修养不足,认知能力不够,想象力不丰富,更难免失之高雅,流于平庸。

本集作品的用韵,除一千多年来约定俗成的古韵(后归纳为"平水韵")之外,由于国家对普通话语音规定的提倡和《中华新韵》《中华通韵》的相继出世,还着意采用了后二者。2019年11月1日《中华通韵》颁布实施后,新韵的采用就专一于《中华通韵》了。故此,本集作品的用韵存在古韵和新韵两种。至于每首作品采用的是古韵还是新韵,就不一一标注,只能留给读者自己去品评。

集子中的词作,有的是正体,有的是变体。正体中有的是平韵,有的是仄韵。变体中又有依不同名人词作的不同体式。这些,文中也均未做标注,同样留给读者去品评。

本集作品多数曾在《秋韵》内刊和"中国诗歌网"本人的认证主页上发表,少量曾在《中国社会科学报》和中国社会科学院离退休干部局组织公开出版的离退休作者共著的诗集中发表,也有部分作品从未公开发表过。

我深知这些诗词都是初创之作,很不成熟,可以说句无精妙,比兴缺乏,意蕴不深,难称高雅,但总算表达了自己的岁月心声、诗意情怀。现不揣浅陋,将其公开出版,除作留念之外,也是为诗友们留下一份茶余饭后的品评小料。

因诗词作品的内容很杂,不便分类,书中只以诗和词作为区分。作品均按写作时间顺序排列。

目录

CONTENTS

自　序 ………………………………………………… 001

律　绝

老宅(三首) …………………………………………… 003

老村(二首) …………………………………………… 004

忆大学入校(二首) …………………………………… 005

大学毕业(二首) ……………………………………… 006

中学任教 ……………………………………………… 007

十年一梦 ……………………………………………… 008

中华:1976 …………………………………………… 009

观古琴台 ……………………………………………… 010

忆母夜纺 ……………………………………………… 011

天涯海角 ……………………………………………… 012

观东坡书院 …………………………………………… 013

邓公赞 ………………………………………………… 014

加勒比明珠（二首）	015
话英雄	017
黄山	018
登悬空寺	019
阳关吟	020
观秦始皇兵马俑（二首）	021
丽江古城	022
虎跳峡	023
记盛会颂王懿荣	024
参拜志愿军烈士陵	025
泰山览胜	026
故乡怀古	027
再观东坡书院	029
观罗马斗兽场	030
祭思双亲	031
游金海湖	032
桃花节	033
今日乡关	035
西海石林	036
凤凰古城	037
国庆	038
红旗渠	039
游山海关（四首）	040
观乐山大佛	042
编辑生涯	043

红船颂	044
九寨沟	045
杜甫草堂	046
雷锋赞	047
七夕随想	048
望王屋山	049
哈尼梯田	050
大学毕业四十五年感言	051
啼血礼赞	052
漓江游	054
龙跃	055
胡杨	056
塞外新象	057
鸣沙山	058
国祭亡灵	059
登古城宁远卫	060
九三大阅兵	061
中秋悲怀	062
重阳聚友	063
周庄	064
夫妻鸟	065
珍婚	066
寄情诗友	067
柱顶红	068
食断	069

贺社科院四十华诞	070
酒	071
端午节	072
克拉玛依油田一景	073
新疆喀纳斯山谷草甸	074
火焰山	075
神军颂	076
筑梦深蓝	077
掌上乾坤	079
微信	081
牡丹	082
霞云岭堂上村	083
山居中秋夜	084
重阳念老	085
七彩炫菊	086
莫高窟参悟	087
西成高铁	088
新悟	089
美丽"冻"人	090
秋韵诗社华诞	091
清明雪	092
游爨底下	093
参观冀热察挺进军司令部旧址	094
感立农民丰收节	095
观呼伦贝尔草原	096

达赉湖太阳雨	097
饭碗大计	098
大别山游吟（四首）	099
港珠澳大桥	101
同窗乐聚微信群	102
天山雪莲	103
外卖小哥	104
紫禁城上元夜	105
悼张志新烈士	106
说开放	107
大学同窗聚会	108
题卫红指泥塑照	109
布依族"三月三"	110
瞻拜大槐树	111
壶口观瀑	112
登鹳雀楼	114
抗疫组诗（八首）	115
丑演（二首）	118
晚语	119
网络人间	120
夜色长安街	121
庚子年双节	122
重阳节感怀	123
暮秋	124
感脱贫摘帽	125

赞左宗棠	126
城春	127
悼袁隆平	128
白云	129
井冈吟	130
延安颂	131
西柏坡咏	132
观红婵跳水	133
退休小种	134
归舟	135
炫舞蓝天	136
观神十三航天员出仓活动影像	137
香山答卷	138
君子兰	139
北京冬奥会掠影	140
题吴山白娟梅春景照	141
春日宅家	142
大运河	143
新生	144
感中秋"云"团聚	145
逐梦航天	146
希望的田野	147
盛会	148
立冬山行	149
冰瀑	150

网忧 ·· 151

八秩抒怀 ·· 152

悼薛德震先生 ······································ 154

师生情 ·· 155

京津冀抗洪 ··· 156

闹市一怪 ·· 157

梅赞 ··· 158

芦花 ··· 159

北大荒（二首）···································· 160

变化 ··· 162

黄鹤楼诗鉴 ··· 163

垂钓 ··· 164

词 作

江城子·悼父翁 ···································· 167

江城子·悼周总理 ································· 168

念奴娇·一枕黄粱 ································· 169

临江仙·骊山 ·· 170

鹧鸪天·都江堰 ···································· 171

诉衷情令·金瓯固 ································· 172

浪淘沙·玉门关 ···································· 173

满庭芳·丝路怀古 ································· 174

满江红·过大年 ···································· 175

沁园春·京华三月 ································· 176

步韵《浪淘沙》和友 ······························ 177

沁园春·母校颂 …………………………………… 178
摸鱼儿·看苦旦表演 ………………………………… 179
清平乐·小区夏晚 …………………………………… 180
行香子·中秋 ………………………………………… 181
满江红·新观 ………………………………………… 182
水调歌头·无题 ……………………………………… 183
满江红·跨过鸭绿江 ………………………………… 184
望海潮·龙乡 ………………………………………… 185
一剪梅·中元思母 …………………………………… 186
千秋岁·颐和园 ……………………………………… 187
浣溪沙·秋情 ………………………………………… 188
渔家傲·晚吟 ………………………………………… 189
西江月·回念 ………………………………………… 190
忆秦娥·丝路新篇 …………………………………… 191

诗　议

格律诗优越的审美价值 ……………………………… 195
诗词大赛评出的大奖作品竟不合格 ………………… 198
诗可养生 ……………………………………………… 203
小议格律诗的古韵今作 ……………………………… 206
一则诗坛佳话 ………………………………………… 211

后　记 ………………………………………………… 213

律绝

老宅（三首）

一

老残合院失边厢，

片片蛛丝结檩梁。

草上墙头连瓦脊，

鼠蛇出没惯平常。

二

屋破风通四隙穿，

泥坯土炕做床眠。

一层薄纸隔窗外，

夜半冰凝三九天。

三

四五黄鸡空院口，

黑豚三二圈栏蜷。

老娘里外忙家饲，

日复薪炊两缕烟。

1968 年 11 月

老村(二首)

一

六百年前曾驻兵,

马池营立以为名①,

古时边塞多交战,

村户常忧燹祸生。

二

古庙苍槐中位依,

东西二井映双晖。

池塘六镜报村闪,

犹有甘棠一片菲②。

1968年11月

注释

① 马昌营本名"马池营",因明初有位名叫马池的武官率军在此镇守设营而得名。后来人们把"池"叫成了"昌",遂变成"马昌营"。

② 甘棠一片,指村东一片甘棠树,8、9月份白花芳菲。但甘棠树和古庙、苍槐、苇塘早已荡然无存。

忆大学入校（二首）

一

荣登本应乐开花，

十二年功不枉搭。

怎奈再无膏火继①，

愁持喜报面爹妈。

二

初入黉宫惶恐甚②，

担忧囊涩拒高门。

原来贫士皆公助，

如愿全凭此份恩。

1968 年底

注释

① 膏火，借指求学的费用。
② 黉宫，代指学校，这里借指中国人民大学。

大学毕业（二首）

一

泮宫筑梦断心弦，

中发风云派斗缠。

近半学时同禁止，

推迟毕业一年延。

二

应召乡村风雨尝，

临汾种稻下农场①。

白天汗水和泥水，

晚上批修忤己忙②。

1970 年 8 月

注释

① 笔者在大学毕业后被下放到山西临汾解放军 4658 部队农场劳动锻炼。
② 批修忤己，指在会上批判修正主义和自己的私心杂念，名为"斗私批修"。

中学任教

蜡炬春蚕常触情①,

杏坛三载育苗诚。

奈何批孔风正烈②,

学苑难兴朗朗声。

1973年9月

注释

① 蜡炬春蚕,代指他们的精神。李商隐有"春蚕到死丝方尽,蜡炬成灰泪始干"的诗句,常被用于赞美教师的精神。

② 笔者在北京一中任教时正值批林批孔运动展开。

十年一梦

指望寒窗脱困穷,

泮宫学历信心充①。

哪知九域生忧患②,

十载悠悠一梦空。

1976 年 10 月

注释

① 泮宫,是古代的国家高等学校。

② 忧患,指"文化大革命"十年内乱。

中华：1976

是年中华难灾缠，

地覆天翻令胆寒。

陨石纷飞从宇降①，

唐山剧颤起坤颠。

开国领袖三星逝②，

祸世奸邪四鬼完③。

遮眼烟霾终扫荡，

巨轮拨正又扬帆。

1976 年底

注释

① 指1976年3月8日一场空前的陨石雨降落在吉林。
② 指周恩来、朱德、毛泽东于1976年相继去世。
③ 指王洪文、张春桥、江青、姚文元"四人帮"反党集团于1976年10月6日被粉碎。

观古琴台

有感"高山流水遇知音"的故事[1]

子期可贵懂琴音,

韵寓高山流水神。

更赞伯牙知己义,

断弦之举见情真。

1985 年春

注释

[1] "高山流水遇知音"的故事,见于《吕氏春秋》《列子》记载。始建于北宋,坐落在汉阳龟山西麓、月湖东畔的古琴台就是为纪念故事的主人公钟子期、俞伯牙而建。

忆母夜纺

膝盘土炕伴昏灯,

拉线摇车舞膊肱。

晃影一冬三更夜,

肠饥只嚼几坨冰①。

1988 年 5 月

注释

① 母亲深夜纺线饥饿时,每从水缸里凿几块冰充饥。

天涯海角

天涯不见边,

海角未觉偏。

一柱树神笔[①],

百石爬巨鼋。

椰风拂水漾,

画舫弄波旋。

游罢三觞酒,

开怀放眼宽。

1993 年 2 月 1 日

注释

① 一柱,指天涯海角景区的"南天一柱"巨石。

观东坡书院

坡老屈身载酒堂①,

白袍沧海破天荒②。

千年未化蛮夷地,

士子纷登翰墨场③。

1993 年 2 月

注释

① 坡老,苏东坡的别称;载酒堂,苏东坡被贬儋州时所建教书育人的场所。

② 白袍,入试士子的代称;破天荒,指苏轼开设载酒堂后,对一位名叫姜唐佐的学生颇为赏识,曾在他的扇子上题写了"沧海何曾断地脉,白袍端合破天荒"的诗句,以表达对他的期许,姜后来成为海南首位登科者,可谓破了天荒。

③ 由于苏东坡被贬来琼施教,开了海南学子登科的先河,此后产生多名举人、进士,还有一名探花。

邓公赞

参观邓小平故居,拈得一绝

起落多经大浪淘,
危难独胜领风骚。
江山再续汉唐象,
端赖明公智略高。

1993 年 10 月

加勒比明珠（二首）

1994 年 10 月 8—14 日随同中宣部出版局访问古巴

一

蔗糖烟草誉西东，

城堡教堂古韵丰。

碧海青天连一色，

王棕挺列耸霄空[①]。

二

人间美誉一明珠，

小岛辉光灿亦殊。

独树丹旗加勒比，

横眉对霸不为奴②。

1994 年 10 月 15 日

注释

① 王棕，即大王椰子，树干挺拔，高达 20 米，树叶葱密巨大，在路边排列，优美壮观，是古巴的一道风景线。

② 古巴面对美国的长期打压，一直坚决抵抗，从不屈服。

话英雄

听电视剧《三国演义》片头曲有感[①]

英雄出自浪淘中，

叱咤风云岂谓空。

成败是非留史鉴，

芳名百世受人崇。

1994 年底

注释

① 电视剧《三国演义》的片头曲是由杨慎作词、谷建芬作曲的《滚滚长江东逝水》。

黄　山

巨峰六六插青天[①],

石怪松奇飞瀑玄。

雪影流泉云海幻,

迷人亦在帝修仙[②]。

1996 年 9 月 17 日

注释

① 六六,指代数目 36。黄山有 36 座大峰。
② 帝,指黄帝,传说他曾在黟山(黄山古称)炼丹洗浴修行成仙。

登悬空寺

古寺凌云峭壁悬,

一方净土绝尘烟。

汇融三教玄空阁^①,

临境熏风飘欲仙。

1996年9月28日

注释

① 三教,指道、佛、儒。"玄空阁"是悬空寺的初名,其义包含三教,建筑熔三教于一炉。

阳关吟

　　阳关是汉武帝开辟河西"列四郡,据两关"的两关之一,乃通西域之重要关隘,始建距今已有两千多年历史,早已被流沙埋没。为之感慨

　　　　千载雄城沙下泯,

　　　　孤残一剩土墩陈①。

　　　　阳关古曲依然唱②,

　　　　西出而今遍故人。

　　　　　　　　　　　　1997年9月

注释

① 土墩,指阳关故址唯一的遗存"烽燧土墩"。
② 阳关古曲,指王维的《渭城曲·送元二使安西》,后因"西出阳关无故人"之句,词牌名改为"阳关曲"。

观秦始皇兵马俑（二首）

一

一睹秦师似虎狼，

扫平六合建功煌。

始皇大统泽天下，

赢得中华千载庞。

二

坑俑彰秦帝国强，

可怜二世告倾亡①。

昙花一现何如此，

贾谊诗仙有论详②。

1998 年 9 月

注释

① 指秦朝仅仅经历两代皇帝便匆匆灭亡了。
② 指汉朝贾谊的《过秦论》和唐朝李白的《秦王扫六合》诗。

丽江古城

参加首届中国丽江国际东巴文化旅游节而作

老城形似大研厢①，

八百年前起丽江。

曲水潺流诸户傍，

小桥弯拱各街镶。

花石板路斑驳象，

特色民居朴雅芳。

古乐纳西别有味，

东巴文字史源长②。

1999 年 5 月 5 日

注释

① 自明朝起，丽江古城称"大研厢"，因丽江盆地就像一方碧玉做成的大砚台，所以取名大研（即大砚，古时"研"和"砚"相通）。

② 东巴文是纳西族所使用的兼备表意和表音成分的图画象形文字，它属于文字起源的早期形态。

虎跳峡

万里长江第一峡，

雪山两座巨钳夹①。

虎能跨越何其窄②，

怒水无羁大浪发。

1999 年 5 月

注释

① 雪山两座，指虎跳峡东西两侧的玉龙雪山和哈巴雪山。
② 传说该峡谷曾有猛虎从江心巨石上跨越到对岸，可见其狭窄，虎跳峡故而得名。

记盛会颂王懿荣

参加在烟台举办的纪念王懿荣发现甲骨文100周年大会，恭听了学者发言，观看了甲骨文展和颂扬王懿荣的京剧《雄风祭酒》，深受感动

甲骨纹符揭秘玄，

百年纪念聚名贤。

佳言齐颂福山圣[①]，

久我文明岁一千[②]。

1999年6月16日

注释

① 福山圣，指王懿荣（1845—1900），山东省福山县（今烟台市福山区）古现村人。中国近代金石学家、鉴藏家和书法家，是发现和收藏甲骨文第一人。

② 王懿荣发现甲骨文，将中华文明史提早了近千年。

参拜志愿军烈士陵

《金日成回忆录》出版后受邀访朝而作

烈士陵岗松柏鲜,

大同江畔远家川。

青山外域埋忠骨,

更表英雄义凛然。

2001 年 7 月

泰山览胜

岱顶攀登虽费难，

平生得览最奇观。

黄河幻化金飘带[1]，

云海悬浮呈玉盘[2]。

2003 年秋

注释

[1] 指泰山一大奇观"黄河金带"。当新霁无尘、夕阳西下时，站在岱顶向西北远眺，可看到层峦的尽头，黄河似一条金色的飘带闪闪发光。

[2] 指泰山又一大奇观"云海玉盘"。雨后初晴，在岱顶四望，会看见白云平铺万里，犹如一巨大玉盘悬浮在天地之间，远处的群峰全被云雾吞没，时隐时现。

故乡怀古

出席平谷区政府举办的"平谷轩辕黄帝陵专家论证会",听专家发言,参观轩辕庙,顿生思古之幽情

史前即有古人来,

繁衍耕居定上宅①。

汉祖朝初名县所②,

轩辕庙圣对石台③。

霍光封邑昭功绩④,

萧绰生乡显智才⑤。

平谷文明光灿烂,

京都桑梓傲吾怀。

2003年12月22日

注释

① 早在10万年前的旧石器时代,就有先民在平谷地区繁衍生息。后在7000年前,这里的先民已从事农业生产,并定居属地上宅村。

② 公元前195年,汉高祖刘邦建立了平谷县。这个名称源于当地三面环山、中间为平原谷地的地理格局。

③ 轩辕庙,在平谷山东庄渔子山上;石台,指轩辕台,在今河北省涿鹿县城东南乔山上,它是古人依山岩开凿而成的一个长约2米、宽约2米、高约1.6米的四方石台,疑似用于举行祭礼时摆放祭品。有传说是黄帝与仙人对弈之处,当地百姓称其

为"石桌"。

④ 西汉时期权臣、政治家霍光曾因功勋卓著封邑于包括平谷县域的河北地区。

⑤ 萧绰是辽朝政治家、军事家和改革家萧太后的名字,她生于平谷并曾经略此地,显示了明达治道的卓越才能。

与中国社会科学出版社部分同仁在平谷留影

再观东坡书院

逆境寄桄榔①，

勋劳载酒堂②。

沧溟连地脉，

布衣破天荒③。

岂料鱼龙窟，

堪通翰墨场④。

琼州文启盛，

多借子瞻光。

2004 年 2 月 20 日

注释

① 桄榔，指代桄榔庵，是苏轼被贬至琼州昌化军（今海南省儋州市）后，在城郊营建寄居的茅屋。

② 载酒堂，见《观东坡书院》注释①。

③ 见《观东坡书院》注释②。

④ 此联化用了苏轼之弟苏辙赞美姜唐佐的两句诗："适从琼管鱼龙窟，秀出羊城翰墨场。"（见《补子瞻赠姜唐佐秀才》一诗）这也是对苏轼（子瞻）"沧海何曾断地脉，白袍端合破天荒"诗句的补接。

观罗马斗兽场

石墙拱券四层环,
迹列七奇名世间。
外耀辉煌银灿灿,
内藏阴暗血斑斑。
斗场杀影疑犹在,
观众嚎声恍正欢。
人兽相残当乐趣,
文明罗马竟倡先。

2004 年 10 月 15 日

祭思双亲

慈容倦影梦常萦，

晨醒惺忪泪湿睛。

旱垄秋多收粒瘪，

早餐年久任肠鸣[①]。

劬劳肚馁身皆萎，

重患囊空命猝倾。

桑梓今兴非昔比，

丰衣足食告亲明。

2005 年清明节

注释

① 因为贫困，家里长年不吃早饭。

游金海湖

原名"海子水库"的金海湖,位于家乡平谷,现为国家 AAAA 级风景区,游之备感亲切

重游故地野溪床[①],
举目瑶池疑梦乡。
一道龙堤横涧口,
三边林岫抱汪洋。
湖光山色结奇景,
宝塔亭台耀古煌。
碧水浇淋禾木绿,
今朝平谷遍芬芳。

2005 年 9 月

注释

① 笔者在平谷高中就读时,曾参加修建金海湖前身海子水库的大坝。

桃花节

将军关隘隐岚烟①，

金海微澜浮画船②。

连片红花迎煦日，

满川绿麦映蓝天。

村边陌上香车滚，

树隙枝前笑语旋。

游罢桃源人欲醉，

农家饭馆复开筵。

2006 年 4 月

注释

① 将军关，是平谷区东北边境明长城线上的名胜古迹。
② 金海，指金海湖。

今日乡关

长城塞上古边厢，

今日桃乡四海扬。

秃岭荒田成过影，

青山绿水织新装。

小楼历历千村秀，

硕果累累五谷香。

槐柳街旁连店铺，

农家宿院客熙攘。

2008 年 4 月

西海石林

张家界天子山一景

雾海千峰林立峥，

妙随人意幻形呈。

一瞻元帅贺龙像[①]，

遂变沙场秋点兵。

2009 年 5 月 15 日

注释

① 张家界天子山位于贺龙元帅故乡桑植县，为纪念元帅转战天子山而建有贺龙公园。园内铸有高6.5米、重9吨的一尊贺龙铜像。

凤凰古城

游湖南省湘西土家族苗族自治州的凤凰古城,甚喜

吊脚楼重苗土风,

凤凰展翅欲飞升①。

人文山水钟灵秀,

古韵幽幽列画屏。

2009年5月

注释

① 凤凰古城背依的青山酷似一只展翅欲飞的凤凰,城名因此而得。此城位于湖南省湘西土家族苗族自治州的西南部。

国　庆

浴火重生起亚东，

百年羸弱转浑雄。

江山一统三殃止[①]，

社稷匡扶六谷丰。

歌舞城乡欢乐盛，

诗书老幼爱怜充。

五星旗耀红天下，

再展龙腾虎跃风。

2009 年 10 月 1 日

注释

① 三殃，指代帝国主义、封建主义和官僚资本主义三座大山。

红旗渠

红旗漫卷太行巅,
十万愚公峭壁悬。
凿捣只凭锤与镐,
运搬全赖辇和肩。
天河百里云峰现,
镜水千条田垄潺。
枯域治如伊甸美,
丰功必入史诗篇。

2009 年 10 月 18 日

游山海关(四首)

一

山海要津锁咽喉,

长城东线镇燕幽。

一关风月今依旧,

阅尽沧桑六百秋。

二

拱卫京华莫大功,

关前几度血河红。

防夷使命虽终结,

浩气雄风永世崇。

三

大战榆关山海丢[①],

双雕一箭九王收[②]。

可怜李闯雄风息,

无数英豪血白流。

四

关楼北望念英雄,

守土功高戚总戎[③]。

可叹督师吴统帅④,

冲冠一怒为娇红⑤。

2010 年 8 月

注释

① 指发生于1644年阴历四月十八日至二十二日的山海关大战,决定了李自成大顺王朝的覆灭。

② 指多尔衮(九王)在山海关一战既收降吴三桂,又打败李自成,建立了统一的清王朝。

③ 戚总戎,指戚继光(别称"戚总戎")。隆庆二年(1568),其奉命总理蓟州、昌平、辽东、保定四镇练兵事,长期镇守北方,抵御鞑靼,保障北疆安全。

④ 吴统帅,指负责镇守山海关的辽东总兵吴三桂。

⑤ 明末清初诗人吴伟业《圆圆曲》中有"冲冠一怒为红颜"的诗句,表达了吴三桂变节降清并引清兵入关的历史典故。

观乐山大佛

三江交汇水浮山①,

古刹幽深松竹间②。

大佛摩天东岸坐,

慈眉善目感人寰。

2010 年 10 月

注释

① 三江,指大渡河、青衣江和岷江。
② 古刹,指凌云寺。

编辑生涯

本自蒿莱村野家，

有缘文苑立生涯。

书山登览初抬足，

学海巡游始乘槎。

勘审不辞连昼夜，

编修定要去疵瑕。

嫁衣尽数精心做，

甘为菁英添彩华。

2011 年 3 月 23 日

红船颂

南湖一叶舫舟彤^①,

领驾征帆骇浪重。

救渡苍生离苦海,

疾桡荡醒睡蛟龙。

2011 年 7 月 1 日

注释

① 南湖,指浙江嘉兴南湖,中国共产党第一次全国代表大会曾在该湖上召开。

九寨沟

鬼斧神工叹妙然，

人间仙境又一观。

百寻宽瀑飘银练①，

五色斓湖亮玉盘②。

镜海澄明云鸟动③，

溪流清澈草鱼鲜。

漓江曾认甲天下，

九寨归来为水难。

2011 年 10 月 21 日

注释

① 百寻宽瀑，指诺日朗瀑布，是九寨沟最著名的景点之一，其宽达 300 米，是中国大型钙化瀑布之一，也是中国最宽的瀑布。
② 五色斓湖，是九寨沟最著名的景点之一。
③ 镜海，也是九寨沟最著名的景点之一。

杜甫草堂

溪泮茅庐触目多[①],

最崇诗圣一支歌[②]。

呼求广厦庇寒士[③],

传诵千年感普罗。

2011 年 10 月 25 日

注释

① 溪,指成都西郊的浣花溪。
② 一支歌,指《茅屋为秋风所破歌》。
③ 指"安得广厦千万间,大庇天下寒士俱欢颜"的诗意。

雷锋赞

纤如小草默青丛,
谨当螺丝尽力功。
钉子精神垂表范,
耕牛气度领高风。
效民恭作及时雨,
报国甘从悬命戎。
舍己为人恒一辈,
虽无轰烈亦英雄。

2012 年 3 月

七夕随想

一载相逢寄一宵,

金风玉露两情焦。

迢遥银汉何由渡,

今有神舟代鹊桥①。

2012 年农历七月初七

注释

① 神舟,指我国神舟号载人飞船。

望王屋山

甲子登坛祭上天，

轩辕一统史开篇①。

愚公故事华魂铸②，

龙脉方能世代传。

2013 年 6 月

注释

① 据文献记载，轩辕黄帝于元年正月甲子登王屋山设坛祭天，大战蚩尤，一统华夏，从此开创了中国五千多年的文明史。

② 愚公故事，指愚公移山，见《列子·汤问》。故事中所讲之山即太行山和王屋山。在中国共产党第七次全国代表大会上毛泽东曾以《愚公移山》为题作了闭幕讲话。

哈尼梯田

已有1300多年历史的云南省红河哈尼梯田,是以哈尼族为主的各族人民利用特殊地理气候开创的农耕文明奇观,简直是人间仙境

叠嶂重峦雾霭旋,

梯田万顷稻香绵。

秧秧应季铺青锦,

蓄液辉光映碧天[①]。

水泄堤坡环玉带[②],

人耕云岭比逍仙。

清幽绝胜桃源境,

陶令如临必思迁。

2013年10月24日

注释

① 哈尼梯田冬季休耕,放水荞田,一块块渠塘蓄水,远看遍山呈碧蓝色。

② 哈尼梯田的山上遍布小溪、清泉、瀑布和龙潭,山水漫泄时远看如一条条玉带环绕在堤坡上。

大学毕业四十五年感言

黉门揖别谓时长，

一觉晨来两鬓霜。

常忆泮池求索苦①，

犹哀学苑斗批忙。

青春舛遇徒无奈，

白卷荣登更可伤②。

莫为东隅亏失憾，

桑榆非晚再收偿③。

2013年11月

注释

① 泮池，指文庙大成门正前方的半月形水池，是官学的标志。

② 白卷荣登，指"白卷事件"，即1973年全国高考中，辽宁一位下乡知青对物理化学的考试交了白卷，居然被扶植录取，上了大学。

③ 所谓"失之东隅，收之桑榆"，见《后汉书·冯异传》。

啼血礼赞

杜鹃啼血染山红[1]，

望帝春心托付功[2]。

力竭声嘶催布谷，

升仙犹顾下民丰。

2014 年 4 月

注释

① 杜鹃啼血，指"子规啼血"的历史典故，出自《史记·蜀王本纪》。相传，古代蜀国有一位号曰望帝的国王杜宇，很爱他的百姓。死后其灵魂化作一只杜鹃鸟（子规），每年春季飞回不停啼叫"快快布谷！"啼得嘴巴流出鲜血，染红了整片山坡。

② 此处化用了李商隐《锦瑟》诗中"望帝春心托杜鹃"之句。意为杜鹃啼血催种乃望帝化身所为。

漓江颂

張樹相 作

奇峰倒影碧連漪
酸漾輕舟渡筒韻
水美漓江不下宇
歸來何興盼儂櫂

錄樹相詩作書以贊之 歲在甲辰四月王磊敬呈

漓江游

奇峰倒影碧连涯，

醉泛轻舟魂梦遐。

水美漓江天下甲，

归来何兴盼仙槎①？

2014 年 5 月

注释

① 仙槎，即浮槎，是神话中能来往于海上和天河之间的竹木筏。郭起元《客中秋思》诗中有"销魂何处盼仙槎"之句。

龙 跃

山河破碎虎狼狞，

与犬并称背辱名①。

亿众捐躯挣铁索，

百年筑梦冀鹏程。

五星帜耀乾坤焕，

九夏门开社稷荣。

喜看东方升紫气，

神龙一跃普天惊。

2014 年 7 月 1 日

注释

① 指列强瓜分中国时期，上海外滩公园曾挂出"华人与狗不得入内"的牌示。

胡　　杨

千岁痴情守漠深，

遐荒润绿撒葱阴。

风沙凌虐身披甲，

旱热煎蒸冠塑金。

惯看跋驼拼苦旅，

永朝皓日亮初心。

寿终铁骨不甘朽，

双倍存年续赤忱①。

2014 年 10 月

注释

① 胡杨"生一千年不死，死一千年不倒，倒一千年不腐"。

塞外新象

参观酒泉卫星发射基地

神箭扶摇碧落穿,

龙荒朔漠弄风弦。

不闻羌笛怨杨柳[①],

但听红歌奏九天[②]。

2014 年 10 月 18 日

注释

① 此处化用了王之涣"羌笛何须怨杨柳"诗句。"杨柳"指代《折杨柳》古曲,其声调哀婉,在古丝路上,边关将士常以羌笛或胡笳吹奏之,以抒发别亲离乡之幽怨。
② 红歌指《东方红》乐曲。该曲在"东方红一号"卫星上响彻天空。

鸣沙山

敦煌独现诡沙山，

日作嗡声悚四环。

脚下一泓芦傍水^①，

泮池秀貌月牙弯^②。

2014 年 10 月 20 日

注释

① 此水名为月牙泉。

② 泮池，是位于大成门正前方的半月形水池，意即"泮宫之池"，是古时官学的标志。

国祭亡灵

国祭哀仪堆骨前①,

冤魂卅万共心牵。

哭墙名下默垂泪②,

警笛声中紧握拳。

社稷崛兴何敢误,

兵戎强胜必从先。

神龙喜又威天宇,

告慰贤灵安九泉。

2014年12月13日国家公祭日

注释

① 国祭,指"南京大屠杀死难者国家公祭",于每年12月13日在南京大屠杀江东门集体屠杀遗址及遇难者丛葬地举行。

② 南京大屠杀遇难同胞纪念馆南面的遇难者名单墙俗称"哭墙",上面镌刻有南京大屠杀部分遇难者名单,象征被日军屠杀的30万同胞。

登古城宁远卫

瞻望宁远大捷发生地*

依海凭峦锁钥坚,

袁旗夷炮忆硝烟①。

登楼痛思凌迟惨②,

帝缢煤山谁可怜③?

2015 年 6 月

注释

* 宁远大捷,指 1626 年正月,后金与明朝在宁远(今辽宁兴城)进行的作战。
① 袁旗、夷炮,分别指宁远城上的"袁"字旗和红夷大炮。
② 凌迟,指宁远大捷守将袁崇焕被崇祯帝下令凌迟处死之事。
③ 帝缢煤山,指明朝末代皇帝崇祯在煤山吊树自缢。

天安门九三大阅兵

2015年9月3日上午，在天安门广场隆重召开了"纪念中国人民抗日战争暨世界反法西斯战争胜利70周年大会"，会上举行了盛大阅兵仪式

七十礼炮震瀛寰，

赤帜齐扬漫卷澜，

列进雄师如倒海，

隆驰铁甲似排山。

歼机呼啸横空划，

军乐铿锵荡耳旋。

武备尖端惊亮相，

老兵方队最威严[①]。

2015年9月3日

注释

① 老兵方队，指由一百多名平均年龄达九十岁的抗战老兵组成的方队。

中秋悲怀

抗日战争胜利 70 周年举国哀祭后,逢中秋节云雾蔽日

胜倭国纪尚心酸,

月到中秋又隐圆。

料是苍天憎宿孽,

相和凡界诉沉冤。

当思泉下贤灵苦,

怎品舌尖团饼甜[①]?

共庆佳节当畅饮,

不禁把酒泪珠含。

2015 年 9 月 27 日晚

注释

① 团饼,月饼的别称。

重阳聚友

山园菊放会金秋。

畅饮高亭乐不休。

换盏推杯频注口,

猜拳行令任开喉。

涨薪增量齐盘点,

延寿良方互索求。

慨咏豪歌乘醉意,

韵流老骥奋蹄酬。

2015 年 10 月 23 日

周　　庄

　　位于江苏省苏州市昆山市的周庄，是江南六大古镇之一，以其独特的水乡风貌和丰富的历史文化而闻名。观之心怡

小桥流水共人家，

古韵悠悠引思遐，

一版江南风景画，

诱来万众自遥涯。

2016 年 5 月

夫妻鸟

鸟界夫妻甚可宣①，

相濡以沫尽天年。

两情长久何如此？

许是谙知共枕缘②。

2016 年七夕节

注释

① 鸟界夫妻，指鸳鸯、黑颈天鹅、金刚鹦鹉、红嘴相思鸟等成双成对、偎依栖息的爱情鸟。
② 共枕缘，取《增广贤文》谚语"千世修来共枕眠"之意。

珍 婚

共枕情缘千世修[1],

互当濡沫共春秋。

鸟禽尚且知贞偶,

比目人分甚可忧。

2016 年七夕节

注释

[1] 《增广贤文》有谚语:"千世修来共枕眠。"

寄情诗友

文苑徜徉览五洲，

力挥诗笔写春秋。

赋词大展胸怀广，

和韵酣扬志气遒。

冶炼情操宜继续，

修持性命莫停留。

愿君日后更潇洒，

四海虔随李杜游①。

2016 年 12 月

注释

① 李杜，这里指李白、杜甫（大李杜）和李商隐、杜牧（小李杜）。

柱顶红

一柱扶摇试入天，

娇红三二顶尖悬。

这般雅范真高蹈，

直上云端美比仙。

2017 年 1 月 12 日

食 断

闻特朗普宣布停止向海外负责颜色革命的团伙输送资金，有感特作

风烟曾逞一时狂，
惠奶之人便是娘。
月亮只参西宇好，
空氛总觉米夷香。
紧随霸主涂颜色①，
高扯花旗咒梓桑。
食断恩公难再舍，
问君来日傍何方？

2017 年 2 月 1 日

注释

① 涂颜色，代指颜色革命。

贺社科院四十华诞

京师贡院翰林千[①],

智库咨谋大任肩。

社会风云昭变律,

人文气象供真诠。

经天纬地出奇策,

考脉寻源制巨篇。

尚望争鸣追稷下[②],

浇淋助放百花鲜。

2017 年 4 月 10 日

注释

① 中国社会科学院坐落在北京东总部胡同贡院西街,拥有涵盖社会科学各领域的专家学者。

② 稷下,指代稷下学宫,是始建于齐桓公田午时期的世界上最早的官办高等学府,也是中国最早的社会科学院、政府智库,曾为先秦时期"百家争鸣"开创了良好的社会环境,促进了当时学术文化的繁荣。

酒

玉液千春荡五洲，

金樽对月世人求。

谪仙纵饮诗情放，

清照酣醺词调优。

武二恣觞除猛虎，

宋三醉笔反浔楼[①]。

箪醪分享夸勾践[②]，

殷纣池林臭万秋[③]。

2017 年 5 月

注释

① 反浔楼，指宋江（绰号"孝义黑三郎"）醉酒后在浔阳楼上题写反诗。
② 箪醪分享，化用了越王勾践箪醪劳师的典故。
③ 殷纣池林，指商纣王酒池肉林的典故。

端午节

小粽牵心九夏喧，
龙舟竞渡浪花翻。
黉宫情满离骚赋，
天问何由负屈原。

2017 年 5 月 30 日

克拉玛依油田一景

漠荒独现一风光,

瘦影成群拜四方。

近看原非人叩首,

磕机正采黑金忙[①]。

2017 年 6 月

注释

① 磕机,指俗称"磕头机"的自动采油机;黑金,指石油。

新疆喀纳斯山谷草甸

百里青原山四环,

牛羊珠洒绿茵蕃。

溪边白顶数包幄①,

好个人间伊甸园。

2017 年 6 月

注释

① 包幄,指蒙古包。

火焰山

　　位于新疆吐鲁番盆地北缘的火焰山,是寸草不生的赭红色荒山秃岭,在盛夏时似火燃烧。但穿过山体的一条条沟谷,却多是绿洲,与炎热的荒山形成了鲜明的对比。甚感新奇

红山百里炙炎炎,

秃岭不毛鸟兽嫌。

讵料绿洲藏谷底,

葡萄瓜果味香甜。

2017 年 6 月

神军颂

纪念"八一"建军节特作

神军出世亮钢枪,

武力摧枯废旧纲。

六合扫平成大统,

一朝更始立雄强。

保家卫国铜墙壁,

抗险惩凶铁栋梁。

今日虎威无可比,

江山还赖柳营防①。

2017 年 8 月 1 日

注释

① 柳营,指"细柳营",借用的是汉代周亚夫屯军细柳营的典故。

筑梦深蓝

观解放军海军演习

歼机呼啸舰冲酣,

弹箭横飞互戮戡。

空海交兵拼演战,

水师筑梦耀深蓝。

2017 年 8 月 1 日

献酬劳拼箩
机弹鼓演耀
呼筑空欤深
啸横淪水蓝
觐飞交师
衡互兵筑

张树相先生治筑梦
深益张振福录

掌上乾坤

寸鉴方屏摄尔魂，
任由小掌握乾坤。
轻敲细指家中坐，
遍览千秋万事存。

2017 年 8 月 9 日

敬录树相诗一首 岁在甲辰年初夏王磊书

微　信

寸方一鉴蕴乾坤，

云网恢恢链万民。

既往雁书年久盼，

如今电信秒间闻。

交谈海迥如接耳，

晤见涯遥若促身。

际会何愁千里远，

寰球已变弹丸村。

2017 年 8 月 12 日

牡　丹

奇葩绚丽复多颜,

一彩撩人一感鲜。

深紫安予心慰藉,

大红热我气腾翻。

姚黄疑见杨妃影[①],

豆绿牵思碧玉簪[②]。

甚解诗骚频颂笔,

花王国色不虚言。

2017 年 8 月 14 日

注释

[①] 姚黄牡丹是牡丹四大名品之一,其姿高雅,宛如优美的女子;其色金黄,又有富贵象征。史载杨贵妃(玉环)独爱牡丹,李白曾有"名花倾国两相欢,长得君王带笑看"诗句,把杨贵妃与牡丹花相提并论。

[②] 关于豆绿牡丹,民间有一传说,称它是百花仙子头上的绿玉簪所变。

霞云岭堂上村

位于北京市房山区的堂上村,是《没有共产党就没有新中国》红歌的原创地,参观后颇受教育

百岭竞巍峨,

霞云织锦罗。

悬崖旗嵌壁[①],

纪馆客流波。

都为仰红日,

纷来勘赞歌,

曲词留绝唱。

气韵动山河。

2017 年 9 月

注释

① 指堂上村在一块高大崖壁上雕绘的一面巨幅党旗。

山居中秋夜

片云一月挂天头,

潋滟秋池倒影幽。

远目山峦涂水墨,

近村灯灿酒香稠。

2017 年 10 月 4 日

重阳念老

楼上深秋望梓乡，

依稀二老弄株黄。

九泉敢问穿衣暖，

世已重阳草覆霜。

2017 年重阳节

七彩炫菊

此前从不知有七彩炫菊，笔者大学同窗范庚侨教授发来七彩炫菊照并介绍了其培育方法和寓意，看后感到十分惬意，遂欣然命笔

多颜一朵艳如霞，
钟秀群葩气质华。
赏罢油然情烂漫，
欲求七彩美生涯。

2017 年 10 月底

莫高窟参悟

荒山岩洞画雕鲜,

千载禅心造大观。

彩绘斑斓宣释典①,

塑形灵慧散佛缘。

飞天乐伎仙宫往,

藻井莲花净土迁。

证果菩提弘主旨②,

众生普度教修参。

2017 年 11 月 17 日

注释

① 释典,指释迦牟尼佛本生故事。
② 证果,指修行者证悟真理,成为圣者,即修行达到一种境界。

西成高铁

西安至成都的高速铁路"西成高铁"令人惊叹

巴山秦岭已凿穿,

蜀道长车直线钻。

一骑红尘今不再,

荔枝半晌到长安①。

2017 年 12 月 7 日

注释

① 后两句化用了杨贵妃吃荔枝的典故。杜牧有"一骑红尘妃子笑,无人知是荔枝来"的诗句,说的是杨吃鲜荔要从千里迢迢的南方通过专设的驿马递送(多走蜀道),驿马即使日夜飞奔不停,也要几日才能到达长安,且常有马匹累死的情况发生。

新 悟

新元局变警言先,
特色明途嘱必坚,
绮梦昭宣弘夙愿,
初心醒告继红船。

2017 年底

美丽"冻"人

比基尼滑雪大赛一瞥

冰莹雪亮景迷离,
疑是琼宫梦境奇。
众女滑旋飙热舞,
倩装一色比基尼。

2018 年 1 月 19 日

秋韵诗社华诞

　　成为中国社会科学院组织的由离退休干部参加的秋韵诗社会员,备感荣幸。今日是其华诞,特贺

桑榆霞照步诗坛,
情热金秋梦浪掀。
旧体新风推力作,
宋词唐律续佳言。
字间流韵江山美,
笔底生雷云雨翻。
大调主旋齐唱响,
心声一吐付轩辕。

2018年2月2日

清明雪

花开梨杏正清明,

霰雪皑皑覆冢茔。

万物披麻全缟素,

天公懂我祭亲情。

2018 年 4 月 5 日

游爨底下

　　位于北京市门头沟区斋堂镇的爨底下村，已有400多年历史，现保存着500间70余套明清时代四合院民居，是我国首次发现保留比较完整的山村古建筑群。观后颇感惊奇

明清驿道老山屯，

往日辉煌断问津。

风水天成祥运广，

宅庐人造艺功神。

废墟遗址沧桑劲，

画迹雕形岁月陈。

古韵淳情存魅力，

新元枯木又逢春。

2018年5月22日

参观冀热察挺进军司令部旧址

抗日先锋挺进军[①]，

马栏树帜卷风云[②]。

太行岩麓干戈惨，

再现江山血染熏。

2018 年 5 月 31 日

注释

① 挺进军，指1938年2月由八路军一二〇师萧克将军组建的冀热察挺进军，在北平西部与日军作战。

② 马栏，指北平西部门头沟斋堂镇马栏村，为冀热察挺进军司令部旧址。

感立农民丰收节

  国务院新闻办公室于 6 月 21 日举行新闻发布会，公布经党中央批准、国务院批复，自 2018 年起，将每年农历秋分设立为"中国农民丰收节"

为农设节策高鲜，

兴振乡村大计篇。

五谷丰登堪盛庆，

食粮自古谓民天[①]。

2018 年 6 月 21 日

注释

① 中国自古有"民以食为天"的说法，见司马迁《史记·郦生陆贾列传》。

观呼伦贝尔草原

草原望断碧连穹,

牛马羊群隐郁葱。

仰见苍鹰天上舞,

眼前立幻大汗雄①。

2018 年 7 月初

注释

① 大汗,指被誉为草原雄鹰的成吉思汗。他出生、兴起于呼伦贝尔草原,在此进行了几次决定性大战,最终统一了蒙古高原。

达赉湖太阳雨

内蒙古自治区呼伦贝尔草原的达赉湖,常现太阳雨景观

千顷平湖草地开,

云团低挂水疆徊。

骄阳尚在空中照,

骤雨当头泼下来。

2018 年 7 月初

注释

① 达赉湖,位于内蒙古自治区呼伦贝尔草原西部,是内蒙古第一大淡水湖。当地牧民称此湖为达赉诺尔(意为"像海一样的湖")。湖区常现太阳雨景观。

饭碗大计

舶来粟米似非难，

操柄于人恐断餐。

兴振乡村唯大计，

生存饭碗自家端。

2018 年 8 月初

大别山游吟（四首）

一

旌旗五进卷山岚①，
二野挥师战最酣②。
鄂豫皖边燎火种，
堪为新国一摇篮。

二

甜歌八月桂花开③，
一路悠悠耳畔徊。
圣地游回襟沾泪，
万千烈骨动人哀。

三

小楼白色貌娉婷，
连片成屯掩郁青。
茅舍柴门今不见，
多家都有宝车停。

四

大别苍山禅意绵④，
昔时凋敝总依然。

众生苦海何寻岸⑤？

其乐终由改旧天。

2018 年 10 月

注释

① 指我军部分主力部队自 1927 年开始曾五进五出大别山与国民党军展开拉锯战。
② 指刘邓大军挺进大别山。
③ 指歌曲《八月桂花遍地开》。
④ 大别山有多处佛教寺庙，现多已开辟为旅游景点。
⑤ 佛教有诺，要引渡所有的人，使之脱离苦海，登上彼岸，是谓"普度众生"。

港珠澳大桥

远看长龙摆尾弯，

出浮潜入水中闲①。

实为桥跨伶仃瀚②，

联袂三城百里间③。

2018 年 10 月 25 日

注释

① 潜入，指大桥一部分为海底隧道。
② 伶仃，指伶仃洋。
③ 三城，指香港、珠海和澳门。

同窗乐聚微信群

一梦悠悠五十春，
分飞鸿燕各飘沦。
昔年互念忆虚影，
今日相思会视频。
孰料天涯临咫尺，
哪知球宇变丸屯。
寰民皆可寸屏见，
惊叹时人创举神。

2018 年 11 月

天山雪莲

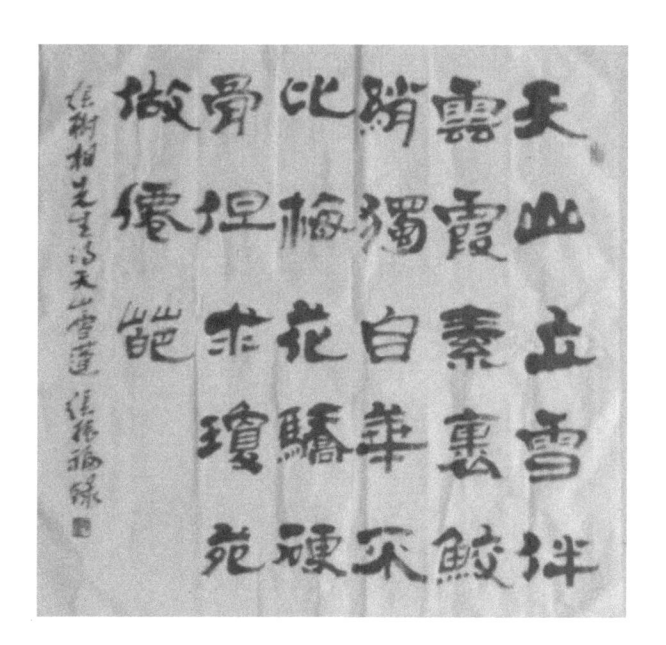

天山立雪伴云霞,

素裹鲛绡独自华。

不比梅花骄硬骨,

但求琼苑做仙葩。

2018 年腊八

外卖小哥

单车电掣宝箱驮,
一众青哥穿似梭。
送货不惟行便利,
新风携暖入心河。

2019 年 2 月 4 日

紫禁城上元夜

紫宸两宿热潮翻，

黎庶专邀闹上元①。

圆月挥光迎笑脸，

华灯放艳扮高轩。

阁台古戏扬声婉②。

殿顶名图演影暄③。

彻夜留连皆忘返，

游人纷叹入仙园。

2019年2月19日

注释

① 指故宫首次在2019年上元节两夜向公众开放，邀请了6000名各界群众代表来此闹元宵。

② 阁台，指紫禁城畅音阁内的大戏台，此戏台已恢复戏曲演出并对外开放。

③ 指元宵夜在故宫城墙南北两侧的金色殿顶上，用艺术灯光投影了《千里江山图》《清明上河图》等国粹名画。

悼张志新烈士

张志新是中共党员，生前系辽宁省委宣传部干事。在"文革"期间，反对林彪、"四人帮"的倒行逆施，遭受了残酷迫害。1975年4月4日惨遭"四人帮"反革命集团杀害，年仅45岁

无辜犟女赴刑场，

正气悲歌一曲亢。

独醒醉群承屈子①，

坚撑铁骨继江娘②。

烈英热血化虹霓，

罪弹尖声留恸伤。

欣慰沉冤终洗雪，

可憎奸佞丧天良。

2019年清明节

注释

① 在《楚辞·渔父》中，屈原有言："举世皆浊我独清，众人皆醉我独醒"。
② 江娘，指江竹筠烈士。

说开放

孤塘之水总枯荒，

必是无流得入场。

井蛤焉知三界广，

夜郎怎学百家长。

远伸丝路四夷拜，

紧闭朝门八国戕①。

青史久明兴废鉴，

鸿胪盛况看初唐②。

2019 年 4 月 6 日

注释

① 八国戕，指八国联军 1900 年攻陷北京并于 1901 年强迫清政府签订《辛丑条约》的侵略行径。

② 鸿胪，指唐朝政府中专门接待外国使节和来宾的机构——鸿胪寺。当时"万国来仪"，外客云集，鸿胪寺和各地商馆应接不暇，外交盛况空前。

大学同窗聚会

雨散云摇天各边，

西湖相聚已华颠。

风烟几度谁无难？

历尽沧桑皆笑仙。

2019 年 4 月

题卫红指泥塑照

大学同窗范庚侨教授所摄卫红指（陕西泥塑艺术家）泥塑照，形象栩栩如生，甚是喜人，不禁赞以一绝

旧村匠技巧为题，

栩栩灵姿化自泥。

一道民淳乡土景，

雕刀妙手造神奇。

2019 年 9 月 25 日

布依族"三月三"

农历三月初三，是布依族的传统节日。此日男女青年对唱山歌以表达爱意。若姑娘对眼前的小伙子才德、歌艺都满意，便悄悄将怀中的绣球赠予意中人，男青年则报以手帕、毛巾之类信物，之后，二人遂订秦晋之好。观后欣然记之

三月初三节令鲜，

布依郎妹对歌前。

绣球香帕传情巧，

一曲连心两袖牵。

2019 年 10 月 9 日

瞻拜大槐树

　　山西省洪洞县一棵古老的大槐树,相传是明朝政府在山西组织大规模官方移民的会集转迁处,这里每天有成千上万的移民后裔来祭祖寻根

乡愁筑梦彩云归,

瞻拜巍槐日日围。

祭祖寻根承一脉,

炎黄魅力比玄晖。

2019 年 10 月 11 日

壶口观瀑

岂任一壶收巨澜，

汹汹大瀑泄低川。

烟飞声啸惊天地，

潮涌风云继续前。

2019 年 10 月 15 日

岂任一壶收巨浸

澜洶洶大瀑泄

低川烟飞声瀑

惊天地潮涌啸

云续 前 风

张树相先生

曾观瀑 张振福

登鹳雀楼

水火凶灾废又还[①]。

雄姿重立母河边，

今人当谢王之涣[②]，

再上层楼瞰大千。

2019 年 10 月 17 日

注释

① 鹳雀楼始建于北周时期，在金元光元年（1222）遭大火焚毁，后又被河水吞没。1997 年 12 月，鹳雀楼重建。2002 年 10 月 1 日，正式对游客开放。

② 唐朝诗人王之涣曾就地写下了千古名篇《登鹳雀楼》："白日依山尽，黄河入海流。欲穷千里目，更上一层楼"，使鹳雀楼名垂千古，废而再立。

抗疫组诗（八首）

　　庚子春，新冠疫情突发，并有席卷全国之势。我国人民在党中央领导下，以武汉为中心，开展了一场举世震惊的抗疫斗争

一

庚子新春庆气稠，

冠魔突袭祸神州。

严遵封控执门禁，

万众齐齐罩鼻喉。

二

毒雾汹汹难预筹，

患人皆为一床求。

方舱雷火神来笔[①]，

救度堪称诺亚舟。

三

羽檄交驰赴战场，

九千天使素戎装。

逆行奋疾江城往[②]，

为救苍生赴火汤。

四

悬壶命甲入重围,
刃战冠凶气势威。
法术回天超扁鹊,
救民水火报春晖。

五

班师泪别撤方舱,
满目樱花返故乡。
凯乐激扬姿飒爽,
功标青史付炎黄。

六

浴火重生一命雄,
江楼黄鹤更堪崇。
旗开破劫先天下,
首义功门又挂红。

七

旗半神州共默哀,
长空笛咽祭仪开③。
九州泪雨倾盆注,
痛悼亲人殁疫灾。

八

横灾尚未愈创伤,

又助他邦祛祸殃。

风雨同舟行大义，

雪中送炭爱无疆。

2020年1月23日至5月5日

注释

① 指短短十日内在武汉雷神山、火神山建成两座宏大的传染病防治医院。
② 江城，指新冠疫情最先暴发的重灾区武汉。
③ 祭仪，指庚子年清明节全国悼念抗疫牺牲烈士和逝世同胞的仪式。

丑演（二首）

新冠疫情在中国暴发，外贼内鬼乘机同时表演

一

争冠纵疠酿凄号[①]，

嫁祸甩锅手段臊。

诡计重编辛丑剧[②]，

强龙岂任再遭刀！

二

紧随外主起妖风，

里应蜂攻恶眼红。

抹黑递刀投石狠，

求荣献媚一场空。

2020 年 5 月 2 日

注释

① 争冠，指特朗普与拜登在新冠疫情肆漫本国期间倾力竞选而置抗疫于不顾。
② 指美国政府为把自己抗疫不力的责任转嫁中国，曾联合多个国家向中国索赔。

晚　　语

残年切勿丧精神，

尤重良心莫染尘。

不忘风霖遮挡者，

永怀泉井掘开人。

苍民生计犹牵挂，

特色征途还克勤。

游子吟言常忆诵①，

灵台依旧对松筠②。

2020 年 7 月 1 日

注释

① 游子吟，指孟郊诗《游子吟》，内有"谁言寸草心，报得三春晖"之句。
② 灵台，指心；心灵。

网络人间

人生今世好神通，
交际云端成气风。
音讯瞬间传八表，
天涯海角比邻同。

2020 年 9 月

夜色长安街

夜艳长街扮帝京,

花坛彩树霓虹莹。

画楼灯火垂星汉,

车盏光流耀水晶。

大会堂垣金影烁,

天安门宇紫颜萦。

眼前疑是琼宫境,

一览平添逐梦情。

2020 年 10 月 1 日

庚子年双节

2020 年国庆节和中秋节二节临近，全国合并庆祝，热闹非凡

红旗漫舞彩灯悬，

节日双逢人浪迁①。

遍野哀鸿悲异域②，

这边风景好依然。

2020 年 10 月 3 日

注释

① 2020 年国庆节和中秋节二节临近，全国合并庆祝。

② 在中国庆祝双节之际，西方新冠疫情正继续蔓延，截至 2020 年 10 月 3 日，全球累计确诊 34450697 例，死亡 1025354 例。

重阳节感怀

兔走乌飞比箭风，

青丝垂髻转头翁。

但还葆有童心在，

更觉西霞落照红。

2020 年 10 月 25 日

暮　秋

暮秋何事话悲凉？

靓景犹多满目藏。

霜叶艳争红卉丽，

清原旷对碧空长。

朔风有约吟梅雪，

兰蕊应期绽色香。

指日燕归河上柳，

春回大地又芬芳。

2020 年 11 月 7 日

感脱贫摘帽

欣闻全国 832 个国家级贫困县全部脱贫摘帽，感慨万分

贫帽终抛赤县天，
亿民食住免熬煎。
故朝几度开昌世，
苦海何曾到渡船？
唯有红旗匡社稷，
始将夙梦遂黎玄。
九泉当令孟轲喜，
千载康憧实现前[①]。

2020 年 11 月 23 日

注释

① 康憧，指孟子对小康社会的憧憬，见《孟子·梁惠王上》。

赞左宗棠

读左宗棠保国故事有感

携棺一口帅军昂①，

浴血苍颜伐远疆。

失地不回甘入殓，

精忠堪赞左中堂。

2021年1月

注释

① 沙皇俄国于19世纪60年代侵占了我国新疆伊犁大片国土，为收复失地，年近七旬且体弱多病的左宗棠主动请缨，亲率大军西征。他为表示不收失地死不归之决心，出征时携一口为自己准备的棺材。经浴血奋战，伊犁终于回到祖国的怀抱。

城　　春

列树芳丛横纵栽，
绿池曲水四城开。
蛙声夜半卧听雨，
常使村光入梦来。

2021 年 5 月 19 日

悼袁隆平

写于杂交水稻之父袁隆平逝世之日

神农转世耄勤翁,

稻下乘凉酬梦丰[①]。

倘使袁公松不老,

何忧天下廪仓空。

2021 年 5 月 22 日

注释

① 禾下乘凉,是袁隆平对杂交水稻高产的一个理想追求,他的梦里水稻长得有高粱那么高,籽粒有花生米那么大。

白　云

心高气逸莫知愁，
似雪如花俏亦柔。
春夏秋冬皆绽露，
东西南北任飘悠。
拥峰偎岭情无了，
戏月披霞趣不休。
舒卷自由千万变，
总将梦幻世间留。

2021 年 6 月 12 日

井冈吟

义师千里会冈坡，
朝柄决凭枪杆夺。
八角楼灯明梦夜，
黄洋界炮震阎罗。
农村割据辟蹊径，
山地游击启凯锣。
星火播原飙烨起，
红旗始此定风波。

2021 年 6 月 20 日

延安颂

长征帅帐枣园迁,

饮马延河大纛翻。

宝塔山前鸣号角,

寒窑洞里续诗篇。

五年战蒋营盘固,

八载驱倭砥柱坚。

黄土高坡开圣地,

丹花赤帜耀秦天①。

2021 年 7 月 1 日

注释

① 丹花,此处是指山丹丹花。

西柏坡咏

小村更展六韬娴，

对阵蒋顽谈笑间。

调遣雄兵千里远，

运筹陋院一帷屏。

三赢大战江山捧，

二聚群贤纲领颁[1]。

铭祭甲申迎赶考，

新华指日立瀛寰。

2021 年 7 月 10 日

注释

[1] 指党的七届二中全会对新社会蓝图的设计。

观红婵跳水

13 岁中国女选手全红婵，在 2021 年东京奥运会上女子单人 10 米跳台决赛中夺冠

高台三丈跳翻旋，

入水如梭无浪掀。

曼妙轻盈鱼燕愧，

小婵神技冠全寰。

2021 年 8 月 5 日

退休小种

退休后常在临京一幢带前后院的乡间小墅回味早年田园生活。不禁吟得小诗一首

小种庭园四丈方，

开沟筑垄老来忙。

汗流不减清闲爽，

再傍东篱回味香。

2021年8月7日（立秋）写于香河大爱城墅院

归 舟

闻被加拿大政府以莫须有罪名扣押了近三年的孟晚舟女士胜利回国，喜作

晚舟劫难凯歌旋，

二鬼双簧把戏穿[①]。

辛丑盗行还欲演[②]，

不查黄历是何年？

2021 年 9 月 25 日夜

注释

① 二鬼，指美国政府和加拿大政府。
② 辛丑盗行，指 1901 年英美等列强对中国的掠夺行为。

炫舞蓝天

观珠海航展空军八一、红鹰飞行表演队表演

编队银鹰炫舞天,
蓝空放艳画虹烟。
俯冲翻滚叠罗汉,
雷动观台欢啸连。

2021年国庆节

观神十三航天员出仓活动影像

航人无翼缟戎装，

万里深空漫步量。

千载飞天皆是梦，

今朝实景任端详。

2021 年 12 月 26 日

香山答卷

有感电视剧《香山叶正红》*

甲申之祭警鸣强①,

赶考京都续妙章。

一首雄诗终帝府②,

两篇重典改乾纲③。

吃人旧史翻残页,

做马卑奴入圣堂。

答卷香山留胜迹,

御园红叶更风光。

2021 年 12 月 30 日

注释

* 《香山叶正红》反映了党中央迁至北平香山双清别墅时期的历史功绩。

① 指郭沫若《甲申三百年祭》一文讲述了明朝灭亡和李自成失败的历史教训,毛泽东将其指定为整风教材,要求全党学习,并多次发出"我们不做李自成"的告诫。

② 一首雄诗,指《七律·人民解放军占领南京》;帝府,指蒋介石总统府。

③ 两篇重典,指《论人民民主专政》和《中国人民政治协商会议共同纲领》。

君子兰

珍卉亲培盆二栽，

非缘君子美名裁。

喜渠清碧兼宽厚，

花朵宜人庆岁开。

2022 年 2 月 10 日

北京冬奥会掠影

圣火燃华塔，

冰花映五环。

玄狐腾雪岭，

飞燕掠霜天。

龙虎逐丝带①，

鸳鸯舞玉盘②。

风云冬奥会，

情热北京缘。

2022 年 3 月 14 日

注释

① 丝带，指"冰丝带"，是 2022 年北京冬奥会唯一新建的冰上竞赛场馆。
② 指男女组合的双人花样滑冰比赛。

题吴山白娟梅春景照*

陈仓暗度玄,
古迹壮吴山①。
峰峻插云渺,
峦绵鼓浪渊。
白梅煊岭漫,
轻雪染枝繁。
花景独春日,
游人一醉前。

2022 年 4 月 14 日

注释

* 白娟梅照来自笔者大学同窗范庚侨教授的"美篇"相册。照片为笔者大学同窗范庚侨教授所摄。

① 吴山,位于宝鸡市陈仓区新街镇北部,是著名风景区,尤以春天漫山的白娟梅景独具特色。

春日宅家

天殇国恤幸无哀，

宅避闲将诗句裁。

窗外春光堪醉我，

尚看堂内好花开。

2022 年 5 月 18 日

大运河

感京杭大运河水流全线贯通

千里长流寂又腾,

春秋大业复今承。

牵连五水清涟蔓,

纵贯八区绿岸增①。

南北通航交易旺,

东西疏灌稼耕兴②。

运河为世留遗产,

青史论功云雾澄。

2022 年 5 月 29 日

注释

① 八区,这里指大运河曾流经的今北京、天津、河北、山东、河南、安徽、江苏、浙江八个省市。

② 东西,这里指大运河两岸。

新　　生

庆祝香港回归祖国二十五周年

浴火重生一凤凰[①]，

明珠益灿放光芒。

香江入海焉能阻？

今日荆花紫最芳[②]。

2022 年 7 月 1 日

注释

[①] 习近平《在庆祝香港回归祖国 25 周年大会暨香港特别行政区第六届政府就职典礼上的讲话》，有香港浴火重生之评。

[②] 荆花有红、紫、粉、白等几种，洋紫荆被选为香港的市花。

感中秋"云"团聚

  壬寅中秋节,央视以《中秋"云"团聚》为题,播放了"神14"航天员在太空与家人共度佳节的影像。喜有所感

自古羁人心似煎,

乡愁空寄共婵娟。

天涯今可云团聚,

对月当无思泪涟。

2022 年 9 月 10 日

逐梦航天

仰望苍穹感喟生，

千年神话变真情。

嫦娥月背拾珍硕①，

北斗云衢辨地明②。

墨子太虚传信妙③，

祝融荧惑探原精④。

航天大器九重演，

一派腾飞气势宏。

2022 年 9 月 20 日

注释

① 指嫦娥 5 号月球探测器在月球背面采集到大量样本返回地球。
② 北斗，指北斗卫星导航系统。
③ 墨子，指我国墨子号量子通信卫星，它在国际上首次成功实现了从卫星到地面的量子密钥分发和从地面到卫星的量子隐形传态。
④ 指祝融号火星车穿行火星乌托邦平原，对其实现了比世界上以往 5 次都精深的探测；荧惑是火星的古称。

希望的田野

十年连庆大丰收，

又览荧屏播画秋。

金浪随风原上摆，

铁机成列垄头兜。

开镰不见人挥汗，

储粒唯看车逐流。

天下粮仓闻再溢，

洋洋喜气漫神州。

2022 年 10 月 10 日

盛　会

庆祝党的二十大胜利召开

风云际会盛京城，

紫气秋来九夏萦。

经典一篇方略妙，

前程两段目标明。

十年伟绩丰碑立，

二纸华章答案呈[1]。

灯塔殊光今更亮，

龙舟何惧险滩横！

2022 年 10 月 26 日

注释

[1] 指中国共产党找到了"自我革命"这一跳出治乱兴衰历史周期律的第二个答案。

立冬山行

落叶空山举目悠,

疏枝摇影暮村楼。

家家树挂红灯柿,

冬立还留一片秋。

2022 年 11 月 7 日

冰　瀑

凝脂玉骨润恬加，

百丈冬崖静倚斜。

养晦韬光知岁律①，

时来万斛泄珠华。

2022 年冬

注释

① 岁律，意为岁时，节令。

网　　忧

云网利言兴，

然多戾气增。

犬流狂吠日，

鸡类乱嘲鹰。

媚美煽情热，

污华拱火升。

堪忧新舆线，

宵小肆折腾。

2022 年 12 月 31 日

八秩抒怀

命途八秩步艰颠，

柳暗花明终在前。

风雨十秋辜去日，

简牍千种念流年[①]。

幸从赤帜逐宏梦，

喜见神舟飞外天。

把酒欣怡甘露降，

每思上有庆云悬[②]。

2023 年 2 月 28 日

注释

① 简牍千种，指笔者在二十多年出版工作中经手编审的书刊。
② 《列子·汤问》有言："庆云浮，甘露降。"

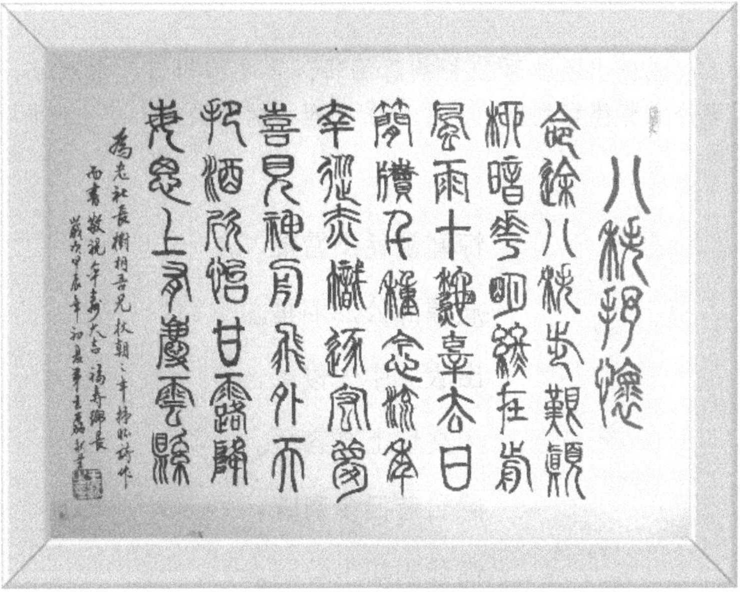

悼薛德震先生

人民出版社原社长兼总编辑，著名编辑家、出版家、理论家薛德震先生于 3 月 12 日逝世，惊闻噩耗，万分悲痛

惊闻噩耗闷雷摧，

痛悼薛公涕泪垂。

出版业中失俊彦，

人文坛上减容辉。

感君昔日多青睐，

悔我当年少伴陪。

揖送先生乘鹤去，

天庭有幸再相随。

2023 年 3 月 13 日

师生情

　　离别北京一中 52 年，我的初三毕业学生李福利、马开立、翟富汗、常熟云、郭迎春、童建明等，在桃李盛开之时邀我重逢于饭店，热叙当年师生之情，感慨系之

半多世纪又重逢，
盛宴酬师蜡炬衷。
欣慰杏坛曾助苟，
更怡桃李笑春风。

2023 年 4 月 26 日

京津冀抗洪

2023年7月29日至8月1日，京津冀地区暴发十四年来最大洪灾。在党中央领导下，一亿三千万灾民迅速脱险，确保平安

百载一逢津冀京，
杜苏芮鬼泛洪横。
千军冒死黄汤战，
亿命临危保太平。

2023年8月10日

闹市一怪

轻衫半短透胸丰,
裤裂膝臀开窟窿。
倩女奇装模乞丐,
招摇过市作何风?

2023 年 8 月

梅　赞

寒友堪同松竹刚[1]，

雪飞独步报春芳。

雅称不愧四君子[2]，

十大名花首位当[3]。

2023 年 9 月

注释

① 梅与松、竹并称为"岁寒三友"。
② 梅与兰、竹、菊并称为花中"四君子"。
③ 梅是中国十大名花之首。

芦　花

深秋似欲补芳乏，
广荡联肩绽异葩。
垂暮不忧霜剑酷，
招风比雪作飞花。

2023 年初冬

北大荒（二首）

一

三江交汇大平川[①]，
惯见农机垄上颠。
且有低空银翼转[②]，
原为飞器管禾田。

二

千里苍原千载凉，
如今一变大粮仓。
拓荒史上造神话，
百万英雄血汗偿[③]。

2023年12月

注释

① 三江，指黑龙江、乌苏里江、松花江，此三条大江汇流冲积，形成了北大荒这块平整的沃土。

② 银翼，指代无人机。

③ 主要指中华人民共和国成立以来先后有14万复转官兵、20万支边青年、54万城市知识青年、10万大中专毕业生和地方干部，以及一批科技人员在北大荒艰苦奋斗。

变　化

山水林田湖草沙，

十年擘画润芳加。

漠荒日退万多亩[①]，

漫地连添锦绣华。

2023 年 12 月

注释

①　据统计，2013—2023 年中国沙化土地面积减少了 6490 多万亩，平均每天减少 17000 多亩。

黄鹤楼诗鉴

两度幸登黄鹤楼，面对明楼和大家诗赋，实有感慨。2023年是黄鹤楼1800岁，特草一律，以做纪念

吴楼千载屡重修，

缘在名流故事稠。

乘鹤仙人飞影去①，

恃才神笔赋诗留。

怀乡律句崔尤妙②，

送友绝言李最优③。

更赞毛词含义伟④，

挽澜救世壮心剖。

2023年末

注释

① 传说在南北朝时期，有一位仙人子安，曾经乘着一只黄色的仙鹤飞过武昌城西南角的黄鹄矶（即蛇山）。

② 指崔颢的七律《黄鹤楼》，这是一首吊古怀乡的绝佳之作。

③ 指李白的七绝《黄鹤楼送孟浩然之广陵》，这是一首送友惜别的绝佳之作。

④ 指毛泽东作于1927年的《菩萨蛮·黄鹤楼》一词，表达了对革命前途的焦虑和拯救党和国家的伟大抱负。

垂　　钓

看袁世凯垂钓照联想

垂纶孰比子牙公[①]？

袁氏抄模一梦空[②]。

奸小岂能圆渭钓[③]，

莫如老实为轻松。

2024 年 1 月

注释

① 子牙公，指姜太公。传说他用无鱼饵的直钩钓鱼，被周文王好奇地发现并赏识，特招入帐下。姜后来辅佐文王和他的儿子推翻了商纣王统治，建立了周朝。

② 1909 年，袁世凯回到了河南安阳洹上村，过起了赋闲垂钓的生活，实际是待机出山。

③ 渭钓，指姜太公渭水之滨的垂钓。

词作

江城子·悼父翁

荒村陋室朔风罡。病魔戕,卧坏床。决意泉台,那日挽无方。不待梦酬家境改,何急去?泪千行。

呕心沥血为儿强。送儒庠①,继书香。几度曾闻,锅灶断炊凉。风雨犁锄拼一辈,何曾报?酹坟旁。

1972 年 12 月 31 日

注释

① 儒庠是古代的官立学校,这里指代国立学校。

江城子·悼周总理

　　京都北地正寒凝。叶凋零，水成冰。萧瑟西风，虫鸟悉无声。忽报周公乘鹤去，如霹雳，宇寰惊。

　　开元贤相有公评。为苍生，血耗清。泪雨倾盆，万众哭英灵。遥向西花厅默祝：君安息，悦天庭。

1976 年 1 月

念奴娇·一枕黄粱

俗为土雉，却矜为云鹤，九宇张扬。一旦高蹿栖树上，即欲登位朝堂。睥睨雄鹰，横眉大雁，恨不灭精光。拉帮狐犬，阴风鬼火煽扬。

分明虫草之囊，操行不雅，偏要立牌坊。粉饰乔装频做戏，老底谁料难藏。算尽机关，聪明反误，终将锁枷扛。武周甜梦①，笑为一枕黄粱。

1991 年 6 月 4 日

注释

① 武周，指武则天建立的朝代。

临江仙·骊山

苍黛骊山神秀，逶迤龙脉绵延。曾经烽火戏侯前[1]。阵严兵马俑，凄美爱情篇[2]。

更有狼烟兵谏[3]，佳谈胜迹流传。厅堂岩缝纪当年[4]。张杨真义烈，肝胆荐轩辕。

1997 年 9 月

注释

[1] 烽火戏侯，指周幽王烽火戏诸侯的故事。
[2] 指史上著名的杨贵妃与李隆基的爱情故事。
[3] 指西安事变。
[4] 厅堂、岩缝，分别指西安事变时蒋介石居住的背靠骊山的五间厅和藏身骊山半山腰的虎斑石缝。

鹧鸪天·都江堰

二度参观都江堰和供奉李冰父子的二王庙，对两千多年来仍在沿用的伟大水利工程十分惊叹，特填一阕

野性岷江曾滥觞。缚龙疏驯转安详。分流二道防洪涝[①]，导水一条抗旱荒[②]。

鱼嘴吻，宝瓶装[③]。含沙浊浪变金汤。神工已利双千载，泽被功高比禹王。

2011 年 10 月 19 日

注释

① 二道，指从"鱼嘴"处分开的内江和外江。
② 一条，指用于灌溉的内江。
③ 鱼嘴、宝瓶，分别指"分水鱼嘴"和"宝瓶口"这两项关键的修筑工程。

诉衷情令·金瓯固

读《诉衷情》随笔[①]

江山继守卅多秋，代有灵枢谋。朱红犹艳天下，歌舞盛金瓯。

旗炽烈，气豪道，梦齐酬。大同彼岸，今共神舟，正济中流。

2012 年底

《诉衷情》原文：

当年忠贞为国愁，何曾怕断头？

如今天下红遍，江山靠谁守？

业未就，身躯倦，鬓已秋；

你我之辈，忍将夙愿，付与东流？

注释

① 《诉衷情》是人民网 2003 年纪念毛主席诞辰 110 周年专题片所载，据考作于 1974 年。

浪淘沙·玉门关

残堡小方盘①，汉武雄关②，河西千载锁喉坚。大漠西风秦月里，固守江山。

满耳笛茄怨③，惯看烽烟，黄沙百战甲盔穿。今日春风西度畅④，换了新天。

2014 年 10 月

注释

① 指俗称"小方盘城"的玉门关遗存。
② 两千多年前汉武帝在河西走廊"列四郡，据两关"。玉门关是两关之一。
③ 笛茄怨，指古边塞将士常用羌笛、胡笳吹奏《折杨柳》曲，以表达离乡别亲之怨。
④ 王之涣曾谓"春风不度玉门关"，今日已彻底改变。

满庭芳·丝路怀古

大漠怀襟，长山伴傍，逶迤古道茫茫。丝绸情结，系一带千邦。羁旅驼铃碎响，双关挤①，商贾通忙。曾遗恨，汉师胡马，剑影映刀光。

先躯拼苦旅，张骞定远②，玄奘僧王。和亲睦，昭君雪雁留芳③。可痛笛笳怨柳④，楼兰灭，墓没沙荒⑤。更惊叹，胡杨不朽，佛窟盛边岗。

2014 年 10 月

注释

① 双关，指阳关和玉门关。
② 定远是班超的别称。他因奉命出击北匈奴并出使西域建立大功而官封定远侯，故世称"班定远"。
③ 昭君，指王昭君；雪雁，文成公主的汉名。
④ "怨柳"化用了"怨柳离情苦"和"羌笛何须怨杨柳"的诗句。古时有折柳赠别亲人的习俗，并传有哀婉的《折杨柳》曲。在古丝路上，戍边将士常用羌笛、胡笳吹奏《折杨柳》曲，以表达离乡别亲之幽怨。
⑤ 指楼兰古国的小河墓葬群被埋于罗布泊荒漠。

满江红·过大年

岁绽幽兰,蜡梅放,祥光普照。春节至,赤旗漫舞,彩灯繁耀。万店城乡年货火,八方空陆人潮浩。涌乡愁,游子彩云归,爹娘报。

年夜饭,家味找。看晚会,熬天晓。亲友大拜年,云端心照[①]。冰雪滑场燕影乱,龙狮舞会坊间闹。发红包,出手百千元,儿郎笑。

2015 年春节

注释

① 云端,指代云网——互联网。

沁园春·京华三月

年味留香，闹罢元宵，盛会临场①。正初春三月，和风漫洒；神州四野，暖气徐扬。紫禁城前，花团锦簇，金水潺潺映煦阳。红旗舞，又群英荟萃，共企乾纲。

万千谏论呈章②。集民意，八方汇庭堂。有中枢筹运，经天纬地；众贤擘画，添彩增光。布定全棋，纲维正立，一曲雄歌唱慨慷。凭公器，塑江山社稷，满目辉煌。

2015 年 3 月 10 日

注释

① 指一年一度的"两会"，即全国人民代表大会和中国人民政治协商会议。
② 呈章，指代提案。

步韵《浪淘沙》和友

又赏落霞红,艳映西塘。白驹过隙叹匆匆。但看长江东逝水,流失非空。

绮梦大相同,华夏巅峰。攀援跋涉未曾穷。已即桑榆应不忘,坚守初衷。

2017 年 2 月 19 日

朋友胡靖《浪淘沙》原文:

又见血般红,日落西塘。

光阴似箭太匆匆。

承赞未来难限量,一谶成空。

命运大相同,时谷时峰。

发达莫忘也曾穷。

坦荡自由无可憾,守本初衷。

沁园春·母校颂

　　黄土延河，宝塔红都[①]，育立陕公[②]。昔栖居窑洞，课开旷地；游移马背，辗转山中。弹雨枪林，风餐露宿，攻读从戎亦务农。硝烟里，塑干城众旅，征战英雄。

　　京华再立殊功，先庠序，鼎新辟路通。看训碑凝立[③]，学堂栉比；师生云聚，科系丛丰。马列风道，镰锤帜烈，德智双修理用融。和平纪，育文星百业，擘画先锋。

2017 年 10 月 3 日

注释

① 红都，指延安。

② 陕公，是中国人民大学前身"陕北公学"的简称，出自毛泽东主席为"人大"的题词"中国不会亡，因为有陕公"。

③ 指伫立于校园东门内的大石碑，上镌校训"实事求是"四个大字。

摸鱼儿·看苦旦表演

　　苦吟绵，曲腔凄婉，悠悠弦管声伴。腰肢似柳颜如玉，貌比姮娥娇倩。姿婉曼。莲步俏，指娴云手兰花瓣。颦眉掩面。显百转柔肠，愁思缱绻，隐隐腹中怨。

　　闺门泪，苦旦真情洗面①。感人唏嘘长叹。可憎旧世三纲索，惨了裙钗千万。青简看，孟姜女、香莲宝钏皆曾现②。天新地换。现九宇平权，半边巾帼，同偿主人愿。

2018 年 6 月 13 日

注释

① 苦旦，是戏剧旦行的一种，主要扮演的是一些苦命角色。
② 香莲宝钏，指戏剧中的秦香莲、王宝钏。

清平乐·小区夏晚

浅池泉涌。曲水微桥拱。柳隙芦丛飞莺动。石径羊肠横纵。

夕照斜影伸延。晚风楼下人欢。群妇随歌跳舞,小儿滑板兜圈。

2018年夏于朝阳区

双井街道苹果社区住所

行香子·中秋

绿水潺流。碧宇幽悠。望郊原,庄稼秾稠。故园宴晚,庭院村头。伴云儿轻,月儿亮,影儿柔。

本自农畴。最喜金秋。忆流年,欣慰劳牛。六经虽滞,兴致无休。乐屏中看[①],酒中品,句中搜。

2018 年中秋节

注释

① 屏,指电视、电脑和手机的荧屏。

满江红 · 新观

　　叠岭葱茏,江天碧,稼禾铺壤。车流溿,云楼遍耸,市场兴旺。美酒佳肴香里庶,轻歌曼舞欢街巷。望中宵,熠熠闪霓虹,千城亮。

　　开丝路,方国往。星空走①,娥宫访。蛟龙探洋底②,母舰冲浪。万里唐乡门户敞,五洲宾客人流漾。看东方,朝日紫云蒸,真豪壮!

2019 年 4 月 15 日

注释

① 指我国航天员出舱在太空行走。
② 指我国蛟龙号潜水器下潜海底,深度创世界纪录。

水调歌头·无题

煤山垂歪树，一旦大明休①。可怜新帝，宝座无热日间丢②。早有后庭花败③，还起马嵬坡变，前鉴血光留。江山百移手，腐朽一根由。

虫噬咬，菌蚀蠹，柱梁抽。奸贪硕鼠，尤为社庙圮坍忧。天网恢恢不漏，明镜高高必显，出手莫轻柔。更赖窑中对④，永保水承舟。

2019 年 5 月

注释

① 指公元 1644 年 4 月 25 日明朝末代皇帝崇祯自缢于煤山，从此作为全国统一政权的明朝灭亡。
② 指公元 1644 年李自成称帝大顺朝仅一天即败退出京，不久灭亡。
③ 后庭花，指乐府民歌中一种名为《后庭花》的情歌曲子，它被称为"亡国之音"。此句化用了南朝陈后主及其大臣腐化堕落，沉湎于酒色艳词而至亡国的典故。
④ 窑中对，指"窑洞对"，即 1945 年毛泽东与黄炎培的会谈。其间毛泽东对黄炎培提出的如何防止"其兴也勃焉，其亡也忽焉"的历史重演作了回答。

满江红·跨过鸭绿江
——纪念抗美援朝

鸭绿江寒,赳赳跨,出师义仗。拼热血,弹霖奔突,火场冲往。卧畔津湖冰伍怒①,堵枪烽岭英魂亢②。扫千里,神旅卷狂飙,妖兵丧。

陈年耻,终涤荡。英雄气,重高涨。红色江山固,军威弥壮。今日祥龙非昔比,岂知纸虎仍窥望。敢再来,一曲战歌昂,还齐唱。

2020 年 10 月 23 日

注释

① 冰伍,指长津湖战役中几百名志愿军战士为伏击敌人而冻成"冰雕"怒视前方的英雄形象。

② 指上甘岭战役中黄继光舍身堵枪眼的英雄气概。

望海潮·龙乡

　　双龙奔海，珠峰耸立，长城万里高防。薪火代传，炎黄辈续，悠悠浩史流芳。疆域列三庞。地灵人杰俊，诗韵飘扬。可叹清凋，山河破碎百年荒。

　　且看今日龙乡。有杏坛①馥郁，丝路伸张。天问火星②，车驰桂月③，大驱航母巡洋。九重建天房④。玉馆琼楼布，满市琳琅。酒绿灯红闹夜，歌舞漫街坊。

2021 年 5 月 1 日

注释

① 孔庙的杏坛，其内植有红杏，是孔子教育光辉的象征。
② 指天问一号卫星飞往火星探测。
③ 指玉兔二号月球车对月球进行勘测。
④ 天房，指人造空间站。

一剪梅·中元思母

因疫情防控，今年未能实地扫墓，思母心切，特作此词

恰值梅开辞故园。痛隔阴阳，涕泪长潸。梦中常现五更寒，时理锅台，时傍猪栏。

望子成龙梦未圆。陋屋仍旧，蓬扃依然。春晖亏报愧儿男，香上烟旋，心上熬煎。

2022 年 8 月 12 日

千秋岁·颐和园

　　昆明湖翠，万寿山瑰伟。桥舫巧，回廊魅。皇家园囿美，迷得游人醉。然知否？颐和原是伤心泪。

　　甲午临倭祟，太后朝愈秽。修园重，挪军费[①]。保工裁武备，一战全师毁[②]。何无道！万千血骨沉黄水[③]。

2023 年 6 月

注释

① 据资料记载，在中日甲午海战前夕和开战中，清政府加紧了重修被英法联军毁坏的颐和园，为慈禧太后大办"万寿庆典"，当时国库空虚，挪用了大量海军经费。

② 由于清政府抽减海军经费，无视北洋水师的建设，致使在甲午海战中，北洋水师全军覆没。

③ 黄水，指黄海。中日甲午战争是在黄海水域展开的。

浣溪沙·秋情

云淡天高雁队迁。蒹葭舞雪试微寒。秋林霜叶正鲜妍。

翠谷游人时接踵,香山观客日摩肩。漫红最是惹人欢。

2023 年 10 月

渔家傲·晚吟

烽火垂髫经事早,江山新换逢时巧。社稷复兴圆梦了。人间好,不枉一趟匆匆绕。

末景桑榆怜夕照,半酣常倚栏杆眺。窃喜浮生长耄老。明月笑,酬和一曲渔家傲。

2024 年 3 月

西江月·回念

长在红旗飘下，激情似火常燃。江山重塑赴时艰。风浪荆藜历遍。

几度峰回路转，云开雾散眸前。花明柳暗总怡然。唯苦落霞不缓。

2024 年 3 月

忆秦娥·丝路新篇

联谊切，列车龙舞双关越①。双关越，万吨珍载，日递无歇②。

铃驼一别驰高铁，丝绸古道掀轰烈。掀轰烈，焕然"一带"③，汉唐风月。

2024 年 4 月

> **注释**
>
> ① 指能挂五十多节车厢、号称钢铁驼队的中欧班列，穿越阳关和玉门关。
> ② 据统计，至2024年，中欧班列平均每天开行2—4列，一列挂55节车厢，载重达3000吨，如日开三四列，载重合计约达万吨。
> ③ "一带"，指"丝绸之路经济带"。

诗议

格律诗优越的审美价值

格律诗指的是相对于古体诗而言的近体诗,是我国古典诗歌发展出的一种体式。它成就了中华国粹之———唐诗宋词,至今仍在我国诗坛葆有旺盛的生命力。格律诗的特点是:讲究固定的格式、字数、韵脚,以及对仗、粘对规则;强调押韵的和谐、平仄的搭配和对仗的工整这三大要素。古今诗家公认,格律诗是古典诗歌中具有独特魅力的更为高雅的形式。为何?笔者体会就在于它较之古体诗具有以下优越的审美价值。

第一,精练整齐。精练整齐能给人一种美感,是人的天生喜好。诗歌从散文中独立出来,是用于吟诵歌唱的,首先就体现了这种特质。篇幅太长、句子不整的诗句,吟唱起来不如精练整齐的受欢迎,也不易产生好听悦耳之效。古体诗没有句数限制,有的长达一二百句,且每句的长短也不限,有四言、五言、六言、七言,还有杂言体。总起来看很不规整,有的也失之精练。而近体诗将古体诗中的四句、八句与五言、七言相互结合,独立出来,固化为五绝、七绝和五律、七律形式,就将精练整齐之美赋予古典诗中。五绝、七绝和五律、七律不但形式精练整齐,而且其篇幅也留有诗文讲究的起承转合的空间,足以形象地表意复杂的事物,从而赢得了诗人的普遍认同和喜好。

第二,节奏感更强,更具顿挫、变化之美。诗讲求节奏感,诗句的节奏一般按音节划分,节奏感取决于音节的搭配,而音节的搭配取决于诗句的字数设计。字数为偶数的诗句和字数为奇数的诗句,读起来声律节奏是不一样的。四言、六言以两个音节(即两个汉字)为一节拍,其范式分别为：××/××，××/××/××；五言、七言虽然也以一节拍跨两音节为主，但与四言、六言不同，还有一单音节（即一个汉字）占一节拍，这显然增加了节奏的变化。五言声律节奏范式为：××/××/×（或××/×/××）；七言声律节奏范式为：××/××/××/×（或××/××/×/××）。这种声律节奏为声律学所推崇，在音乐中被广泛应用。之于诗作，它除了更便于体现诗的韵律美之外，还使诗句节奏感更强，更具顿挫、变化之美。故格律诗将古体诗中的五言、七言固化，是有声律学道理的。为什么五言诗和七言诗比四言、六言和八言诗更有诱惑力？其美的声律节奏是重要原因之一。

第三，声调更和谐。词语的声调有高有低，有平有仄，高低、平仄如果搭配得好，听起来抑扬顿挫，会产生一种和谐美。这种美感是诗词的必备要素。古体诗没有平仄搭配的固定格式，朗读起来抑扬顿挫没有规律，例如遇到三平调（一句中的最后三字均为平声）或三仄尾（一句中的最后三字均为仄声），显得单调平淡，甚至别扭。而格律诗根据平仄声的不同特点，对二者的搭配做了巧妙的定格安排，即一句中的偶数字平仄要交错；单句与双句的偶数字平仄要相反；在上下联之间，上联对句中的偶数字与下联出句中的偶数字平仄要相同。如此安排，平声和仄声不但在横向上而且在纵向上相互关联，使音节错落有致，从而有效地达成了一种和谐优美的汉语声调。

第四，韵味更足，韵律更美。追求韵律是人的一种天性，而诗歌的押韵最能表现这种天性。古体诗虽也讲求押韵，但押得很宽，韵脚可平可仄，亦可中间换韵，加之没有音调的平仄要求，诵读起来难免觉得音律不够和谐优雅。而格律诗更讲求押韵，其所押之韵是平仄相间相应的有节奏的韵。规则是：押韵句必须是偶句；押韵的字必须是平声；押韵的字必须一韵到底，中间不可换韵；除首句押韵的字以外，邻近的韵不可通押。这些押韵的限定，将音韵和声调、节奏有机结合，形成交响效果，从而使诗的韵味更足,韵律更和谐优美。

第五,加强了均衡美。对仗是汉语的特有功能和魅力,自古诗歌中就多有对仗这种修辞手法。我们可以从古今大量对联中体会到它对称的美妙。诗歌中如果加上对仗要素,无疑会大大增强其美感。古体诗没有对仗的硬性要求,实际上没有注重诗歌的这种审美要素。而格律诗对五律、七律做了对仗规定,无疑是一种进步。五律、七律的对仗,就是要求第二、三联各自上下两句相同位置的词,一定要做到词性相对、词组结构类型相对、内容意义相对。这种要求明显加强了诗句的工整对称,体现和强化了诗歌的均衡美。

格律诗的上述审美优越性,不是其任何单项规定使然,而是系统结构的作用。正是这一系列规定构成的体式系统,使格律诗较以前的古体诗,增加了形式美。辩证法认为,内容决定形式,而形式也影响内容。如同游戏,有了精心设计的规则,游戏就有了趣味。诗句的格律化组合,虽然给旧体诗的创作增加了难度,但它更能表现汉字的特点和优越性,从而使诗句更加巧妙,韵律更加优美,利于提升意境,实现诗的高雅。当然,虽然诗作的高雅不仅仅取决于体式,但体式的优化是至关重要的。

中唐以后格律诗之所以雄踞诗坛,出现那么多千古绝唱,其原因就在于它较之古体诗具有更优越的审美价值,从而为历代诗人所喜好。所以学写旧体诗,有必要向格律化方向提高。那种把填写格律诗词视为保守僵化、附庸风雅的认识,是不正确的。

2017 年 12 月

诗词大赛评出的大奖作品竟不合格

曾轰动一时、吸引几千人参加、征集近万件作品的"2021年××杯全国诗词大赛",在经过两个月的微信投票竞争中结束,举办者于2021年12月7日公示了获奖名单,按票数排第一、二名的获特等奖,排第三至七名的获一等奖。

人们一般会认为,荣获全国性诗词大赛大奖的作品,一定都很出色。举办者也有规定:"应注重文学性与可读性,谢绝平庸。"但事实令人大跌眼镜,这些大奖作品竟然多不合格。笔者现就随机抽取的荣获第二、三、四名的作品加以简评。

(一)

第二名的三首作品是:《七律·灭新冠》《七律·致先烈》《秋日海韵》。前两首都冠以"七律"。

先看第一首:

七律·灭新冠

龟蛇怒发三镇摇,两江拍岸百义高。
冷闸阻疫泣鬼神,热血驱瘟逞英豪。
除毒万诚人车疏,僻邪举国宅屋老。
冬雷滚滚神州愤,劈死新冠再无妖。

此诗韵脚字有平有仄,未通押一韵,犯了律诗大忌。句子的平仄、粘连均不符合七律规则。颔联和颈联的对偶句也失粘失韵,并不是严格的对偶。故此诗不能称为"七律"。

再看第二首：

七律·致先烈

鸦片烟火大清梦，甲午舰没国人醒。

壮士无畏战沙场，烈女英勇赴征程。

甘为牢狱终老死，何惧刑场谈笑生。

悠悠多少中华魂，护佑华夏万年青。

此诗的韵脚字同样是有平有仄，未通押一韵，犯了律诗大忌。平仄完全不符合七律规则，两联对偶句也失粘，且"无畏"与"英勇""终老"与"谈笑"在词性与词语构成上也不一致，构不成对偶。故此诗也不能称为"七律"。

最后看第三首：

秋日海韵

晨起风摇日，晚来月投水。

海碧鱼潜底，天蓝鸥高飞。

船发一帆顺，网起满仓归。

蟹肥千杯幸，梦坠万里随。

此诗是五言古体。最后一句"梦坠万里随"表意不明，令人费解。前六句都是对海上风景的一般描写，没有独特出彩之处。后两句是抒发个人的感受，也没有达到不落窠臼。全诗整体看来无论如何也达不到荣登全国大赛二甲的水平。

（二）

第三名的三首作品是：《人生如蚁伴江山》《迟桂冠花魁》《慈爱妈妈更坚强》。三首诗中，两首是七言八句，一首是七言三十句。三首诗都像是歌行体，但只是达到了每句七言的统一格式，而其诗句多显粗拙不恰，抑扬顿挫毫不讲究。

请看原诗（注：诗中标点符号多有不规范，最后一首是按六句一组隔开排版，这里连别字"攉"样照录）：

人生如蚁伴江山

旭日吻霞光万道，夕阳化雨暗色消，
夜幕雾霾遮不住，星辰雨露跳蹦高，
故园菊色吐芳艳，新宅梁柱紫气绕。
山河川原寿永恒，福禄寿喜脱手镖。

迟桂冠花魁

暮雨丛中凝桂花，枝摇叶扭净尘沙。
八月花期九月露，十月香浓夕阳下。
难过艰去接福运，风停雨住亮晚霞。
娇美香艳花魁娘，柔秋冬初仪芳涯。

慈爱妈妈更坚强

辛苦是人的母亲，累的是桂树妈妈。
春要理冬的散乱，还喂养娇嫩叶芽，
有深绿叶片护佑，鹅黄到浅绿变化。
初夏桂妈稍轻松，老叶无声离枝桠，
美留新叶责任重，新老交替力量大，
妈妈亮出头翠绿，四季长青容光发。
夏是暴烈凶猛汉，不服太阳狂轰炸，
呼风唤雨掀热浪。桂妈卷叶避风沙，
风摇攉眠护儿曲，月姑晚凉悄对话。
枝条皱皮身枯裂，桂妈深根扎地下，
天地精华酿乳液，奶水不足苞干巴，
保胎孕妇苦事多，桂妈坚强姿挺拔。
秋凉热退丰收季，五谷瓜果满天下，

团圆中秋同欢乐，独缺桂花心牵挂，

苦渡炎夏精酿蜜，迟花香浓步难跋。

这三首诗的词句，可以说都是随意拼凑的，拗句、病句、拙句、意义不明之句比比皆是，试列举如下：星辰雨露跳蹦高、福禄寿喜脱手镖、暮雨丛中凝桂花、难过艰去接福运、柔秋冬初仪芳涯、辛苦是人的母亲、累的是桂树妈妈、春要理冬的散乱、有深绿叶片护佑、鹅黄到浅绿变化、初夏桂妈稍轻松、妈妈亮出头翠绿、夏是暴烈凶猛汉、不服太阳狂轰炸、风摇摧眠护儿曲、苦渡炎夏精酿蜜、迟花香浓步难跋。

有道是："美石为璞玉，律韵成诗词。"像以上的特别是最后一首的词句，哪里有什么律韵！可以说连顺口溜的顺口要求都未达到。

此外，第一首的标题"人生如蚁伴江山"与诗意风马牛不相及，且令人费解，立意低俗。最后一首《慈爱妈妈更坚强》，以6句列为一组，让人莫名其妙。标点符号也大都错误。

（三）

第四名的三首作品都是词作，分别名为《沁园春·国庆抒怀》《沁园春·五四青年节有感》《满江红·国庆抒怀》。

原文如下（注：原文词牌名与正题间的间隔号"·"均无，这里照录）：

沁园春　国庆抒怀

昆仑巍巍，黄河汤汤，华夏泱泱。看长江汹涌，洞庭澎湃，北国风劲，南疆暖阳。长城蜿蜒，五岳擎天，辽阔草原写华章。江山美，如诗亦如画，悠久绵长。

只为中华崛起，炎黄子孙共图富强。有天宫北斗，指引方向，蛟龙探海，辽宁远航，东风快递，披坚执锐，蓄势待发射天狼。复兴路，万众一心，势不可当。

沁园春　五四青年节有感

时节似箭，岁月如烟，转瞬中年。忆青葱岁月，青衫独剑，筚路蓝缕，一路弥坚。埋头苦读，挑灯夜战，囊萤挂角亦平凡。回头看，驹影空嗟叹，无悔人间。

常思不负华年，又怎惧，品人间冷暖。意行走江湖，移山填海，快意恩仇，谈笑之间。书卷多情，永读不倦，归来依旧是少年。向前看，长缨仍在手，气定神闲。

满江红　国庆抒怀

神州万里，艳阳天，处处城郭。举篝火，花海萦绕，笑语欢歌。海风习习拂三亚，旭日曈曈暖漠河，帕米尔飞度乌苏里，秋风过。

兵安在？砥锋锷。民安在？铸山河。千里江山美，万民安乐。长缨在手披锐甲，何惧喧嚣风尘恶。初心记，一路东风破，常枕戈。

上面三首词作，表面看都很花哨，但无一是遵照词牌（即词的格式）填写的，均为华丽辞藻的随意堆砌。只是基本做到了押韵，而句子的平仄均未严格遵守。第一首《沁园春·国庆抒怀》倒数第二句还少了一个字。

以上九首诗词作品的水平，有的用"平庸"来形容都是高抬了，誉之冠甲天下，岂非滑天下之大稽！这足以证明，大赛举办者视作品的质量为儿戏。这种行为，是对他们所宣称的"经典流传，璀璨华夏"宗旨的亵渎，是对高雅诗坛的大不敬，也是对作者和广大诗词爱好者的愚弄。

诗可养生

退休后,许多人根据自身的特长和兴趣爱好,或四方游历,饱览河山;或岸边垂钓,待鱼上钩;或走街串市,淘宝古玩;或临池走笔,挥洒丹青……各人都有自己的养生之道,以图晚年活得自在,活得开心,活得长久。而鄙人突来雅兴,选择了参与中国社会科学院的秋韵诗社活动而习练写诗。多年来,对其养生功效深得几点感受。

其一,充实生活,避免空虚无聊。老年人退休后,虽衣食无忧,但往往因无所事事而陷于寂寞无聊,乃至郁闷烦忧。而诗词创作形成了爱好以后,有利于摆脱此种不良心境。这一爱好激励自己深入生活,热爱生活,使心有所好,情有所依,油然产生了一种充实感,从而使心情得到了慰藉,对生活满怀信心。

其二,抒发情性,调理心境,感到愉悦。诗是吟咏情性的,所谓"行笔因调性,成诗为写心"(邵雍《无苦吟》),诗讲求的"比兴",就是将因感物而生的情思意绪,以诗句表达出来。如此可一吐为快,净化心灵,平添愉悦。作诗,总是要追求风雅,吐露情怀,通达理趣,这都是乐事。杜甫的诗句"陶冶性灵存底物,新诗改罢自长吟"充分表达了作诗的乐趣。诗歌是一种对美的追求。自古以来,人们就喜欢诗歌而留下许多佳作。如在我国,古有诗经、离骚、乐府、唐诗、宋词等,近代以来,还产生了不少绝美的新体诗。创作诗歌,激发了审美情趣,使自己沉浸于美的鉴赏,接受美的语言、美的音韵、美的情感的熏陶,从而得到了美的享受。

其三,产生成就感,使心理得到更高级的满足。心理学有述,成就感是愿望与现实达到平衡产生的一种心理感受。每个人都有获得成就的愿望，一旦经过努力，有所成就，就会感到一种非同一般的满足。晚年的诗词创作，确实使自己产生了此种满足感。例如，参加秋韵诗社活动，不但增加了诗词鉴赏的机会，还亲自参与创作，提高了诗词的写作水平。特别是研习了旧体诗中唐诗、宋词的格律，并觅得格律诗词多首。每当习作在《秋韵》诗刊或报纸、诗歌网、诗集本上发表，都自喜增加了一点有意义的成果。这些习作虽艺术平平，直白浅显，却为自己增添了一种比吃一顿美餐、逛一处美景更加满足的心理感受。

其四，保持了大脑活力。诗词写作是一种脑力劳动，既要学习前人之作，品味其佳句意境，琢磨其写作艺术，又要谋篇布局，炼句，炼字。这就逼迫自己经常开动脑筋，促进大脑运动。多年来，虽未练得脑筋急转弯之功力，但自感大脑活力依然保持。年近耄耋，思维尚敏，感悟能力、理解能力似乎还有提高。

以上几点感受，似可用八个字概括，那就是：快乐身心，健脑提神。

生命医学告诉我们：快乐可以增强人体的免疫功能，它与健康是天然相连的。俄国著名生理学家巴甫洛夫说："快乐是养生的唯一秘诀。"诗词的鉴赏、创作活动是快乐身心之举，自然有养生功效。

有不少心理学家指出：在老年保健中，脑力保健将成为关注中心。不少坚持脑力劳动的人，其智慧并不因年老而衰减，反而精神活跃，心旷智佳，大都能避免罹患健忘症、阿尔茨海默病及帕金森症。有资料证实：一些毕生勤于脑力训练者，均能在寿命上创造新的纪录；人的大脑训练越少，衰老就越快，如果饱食终日，很少用脑，中枢神经系统处于松弛状态，将会影响全身脏腑经络生理功能。因此，延缓衰老，不是消极地让大脑清闲不思，而是要在与体力活动相结合的基础上，重视运用思维能力，保持大脑的训练，使之对机体各部位的指挥功能均显活力。诗词创作活动恰恰符合这种脑力保健的心理科学要求，其对老年人的养生功效自不必说。

退休后有幸与诗结下不解之缘，每日徜徉于诗的意境，迷恋于诗词的鉴赏与创作，确实体会到了此种爱好有益于颐养天年。现在国人生逢盛世，国家正处于历史上最辉煌的时期，中华大地充满诗意，这为激发诗兴和进行创作提供了更好的契机。老有所乐，乐在诗中，不失为余年养生的上佳选择。

2019 年 12 月

（此文曾刊于社会科学文献出版社《讴歌新时代——中国社会科学院离退休干部诗词集》，作为"代后记"）

小议格律诗的古韵今作

格律诗有其独特的审美价值,是中国传统文化的一朵奇葩,至今为人们所喜爱并效法创作。但古人所作格律诗,其遵循的平仄规范是以文字的古韵(后归结为"平水韵")为准的。今天许多文字的发音、声调都变了,再新作格律诗,是否还要固守古韵?这个问题已争论很久。本人不揣老生常谈和浅陋,也想谈谈自己的一点儿看法。

汉字古韵"平水韵",发展至今已多有变化。据统计,平水韵有三百六十五个字由仄声变为平声;有三十三个字由平声变为仄声;有六个字(过、醒、看、忘、望、叹)由可平可仄变为只平或只仄;有的韵部的字,如"四支"部中的"期、丝、为、衰、支"和"十灰"部中的"哀、回、来、台、杯",原来分别是同韵,今天变得不同韵了;原有的106韵按现在的标准音韵化分,已大大减少;有的字连发音都变了,例如原来念[xiá]的"斜"字现在念[xié]了,原来念[bò]的"白"字,现在念[bái]了,原来念[zhā]的"遮"字现在念[zhē]了,原来念[shá]的"蛇"字现在念[shé]了,如此等等。在这种情况下,今作格律诗如再沿用平水韵,必然会产生如下弊端。

第一,不合今天标准读音的习惯和要求,诵读起来有失格律诗的韵律美。

格律诗因其独特的魅力,至今仍为诗家和广大读者所喜爱,但因汉字读音的诸多变化,平水韵格律诗多已不合今天标准读音的习惯和要求。今人诵读格律诗词,按照习惯和国家的要求,肯定以每个字的现行新韵,也就是普通话标准音执行。比如用于中小学教材的唐诗宋词，其字音都是用普通话汉语拼音标注，即使古时发音在今天已经改变了的字，也不会按古音标注诵读，这已经成为普遍的事实了。但是古韵格律诗词，按今天的新韵诵读，必然会与原规则中的平仄要求产生矛盾。因为格律规则没变，古韵的某些字用于格律诗，在古时用古音来读，是合辙押韵的，听起来富有韵律美，而今天按变化了的新音调来读，就违反了格律诗的规则要求，听起来就变味了，从而有损于格律诗的韵律美。这一弊端至少有以下两方面的表现。

（1）平水韵的字，有很多平仄声调变化了，如果某些字仍按原来的平仄声调用于格律诗新作，现在读起来势必改变格律规定的节奏。

试看2015年中国首届诗词创作大赛获奖作品七律：

秋怀

廿年一别岂能忘，愁写秋天雁字长。

笛里情怀空幻灭，眼中岁月已沧桑。

披襟岸帻非关醉，把臂连床定是狂。

梦到终宵风雨后，遥怜野菊共云黄。

诗中第一句的"别"和最后一句的"菊"字按格律规则都应是仄声，平水韵都必然读为仄声，两句原来的平仄格式分别为"平平仄仄仄平仄""平平仄仄仄平平"；而"别"和"菊"这两个字现在都已变为平声，按普通话的习惯和要求都应读为平声，因而这两句的平仄格式在现今的标准音调诵读中就分别变为"平平仄平仄平仄""平平仄平仄平平"了，这样就改变了原来的声调节奏，听起来肯定不如原来格式表现出的节奏美，自然有失格律诗的韵味了。诗中第五句的"帻"按格律规则应是仄声，平水韵此字以仄声与之相应。整句的平仄格式是"平平仄仄平平仄"，但"帻"字今天已变为平声，此句现在读就变为"平平仄平平平仄"了，显然亦改变了原有的声调节律。

再看 2017 年由《现代诗词》微信公众平台主办的"首届现代诗词大赛"获奖作品七绝：

桂花

琐细金丝簇小团，晴光湿露透微寒。

幽香自古从心出，不在浮华表象看。

诗中第三句的"出"字按格律规则应为仄声，平水韵也读为仄声，此句原来的平仄格式是"平平仄仄平平仄"。而"出"字现在变为平声了，因此读起来，句子的平仄格式就变为"平平仄仄平平平"了。这样一来，该句后三字在诵读中就变为三平调，犯了格律诗之大忌，显然更明显地改变了原来的声调节律，从而损坏了格律诗的节奏美。

（2）平水韵的字，有的发音都改变了，某些同一韵部的字，现在也不同韵了，如果这些字仍按平水韵用于格律诗新作，今天读来，肯定不押韵了。

试看上述微信平台同一大赛的获奖作品七绝：

夜眠乡宅

醉眠乡宅梦回家，醒倚柴窗看月斜。

一树清辉原不重，三更压落紫桐花。

诗中的"斜"字，平水韵发音为［xiá］，与"家""花"押韵，但现在已变为［xié］音，按普通话的习惯和要求读，显然与"家""花"不再押韵，听起来可以说完全没有了格律诗的韵味。

再看另二首网络上出现的平水韵七绝新作：

西峡谷冰瀑

玄冬飞瀑塑琉璃，本白无瑕百丈崖。

敛彩韬光知岁月，春风送暖落星池。

题湖州笔

潇湘使者碧湖来，玉管成排次第偎。

挥墨高山流水笑，经年绮梦听花开。

前一诗的韵脚字"璃""崖""池",后一诗的韵脚字"来""偎""开"在平水韵中分别属于同一韵部,在古韵中肯定是相互押韵的,而在新韵中多互不押韵了,现在读这样的诗,除懂得古韵的极少数人外,谁还能读出韵味来?

第二,沿用平水韵,使格律诗的创作难度加大。

今人习惯于普通话标准音韵,绝大多数不懂或不熟悉平水韵这一古韵。如果仍然用平水韵创作格律诗,比起谙熟平水韵的古人来,难度肯定加大。你首先必须费一番功夫把平仄的古今变化和韵部的古今区别搞清楚,不像仅凭习惯就能把握新韵那样得心应手。

平水韵有四百多个字与今天的习惯声调或读音不同了。今人按平水韵作格律诗,要在如此多的变化中准确掌握原来的平仄或发音,正确地兑现平仄的格式规则,做起来十分不易。

平水韵的韵部分得很细,比现行的新韵划分要复杂得多。按现行标准读音完全可归于同一个韵部的字,平水韵将其拆分为几个不同的韵部,这意味着现在相互押韵的字,按平水韵有很多是不押韵的。如元、寒、删、先、覃这五个韵部的字,在《中华新韵》中属于同一个韵部,即都是相互押韵的,而平水韵却被拆分为五个不同的韵部,各部之间都互不押韵。这就给今人作格律诗在选韵上增加了大量的麻烦。

第三,沿用平水韵,与推广普通话和规范用字的国家规定有悖。

由中华人民共和国第九届全国人民代表大会常务委员会第十八次会议通过、自2001年1月1日起施行的《中华人民共和国国家通用语言文字法》第三条规定:"国家推广普通话,推行规范汉字";第二十六条规定:"不按照国家通用语言文字的规范和标准使用语言文字的,公民可以提出批评和建议。"今人采用平水韵作格律诗,对有些字的过时声调或发音的应用显然不合现行规范和标准,不符合上述法律规定。既然现行法律规定要推广普通话、推行规范汉字,我们没有理由不在格律诗的创作上加以遵守。

以上三方面的弊端，都反映了旧的平水韵已不能完全适应今天的语音变化，暴露了它的某些局限性。所以，笔者认为，虽然古韵在格律诗的再创作中仍有其采用的理由，但不宜再提倡，更不能非古韵格律不认。大众创作的格律诗新作，其评奖和出版不宜再重古韵而轻新韵了，应该适应绝大多数作者和读者讲普通话的习惯和感受，大力提倡采用教育部国家语委诗词学会发布的新韵。新韵对韵部的归类完全是以现在约定俗成的字音为依据的，简约合理，更符合当代人的阅读习惯，用新韵作格律诗完全可以避免上述弊端，而且容易掌握，也不会破坏格律诗的规则而减弱其韵味。我们何乐而不为呢？

2019 年 1 月

一则诗坛佳话

四川当代作家诗人杨启宇于1978年底闻彭德怀将军平反，曾作吊彭大将军一绝云：

铁马金戈百战余，苍凉晚节月同孤。

冢上已深三宿草，人间始重万言书。

这首诗是仄起入韵格式，按七绝标准，第二、三句失粘，谓"中失粘"，是为变体——折腰体。但"中失粘，而意不断"，读来朗朗爽口，并无失粘感觉。特别是后两句采用对句，使诗色大增。该诗以高超的笔触，委婉而深沉地表达了对彭老总丰功伟绩和高尚气节的赞颂，以及对其蒙冤受屈的哀婉，采用折腰体成就了一首上佳的七绝，获得了诗坛的好评，并在《风骚榜》（诗集）的2021年七绝排行中名列前茅。事有巧合，诗亦如此。与该诗作者杨启宇素未相识的杭州诗人王翼奇，当时也就彭老总平反话题口占一绝，并与杨诗同用一韵，同为变体——折腰体。与杨诗不同的是，王诗的前两句采用对句。其诗云：

吁天实下中宵泪，柱国难弯上将躯。

比干心共苌弘血，能与吾公伯仲无。

该诗笔法之妙、意蕴之深、感染力之强，不比前诗逊色。作为绝句，其采取的是平起不入韵格式，按七绝规则，第二、三句亦失粘。但该诗同样堪称佳句，且与前诗有异曲同工之妙。前诗作者杨启宇后来发现王诗与自己的诗恰可嵌合为一首七律，遂将两诗合并如下：

铁马金戈百战余，苍凉晚节月同孤。吁天实下中宵泪，柱国难弯上将躯。冢上已深三宿草，人间始重万言书。比干心共苌弘血，能与吾公伯仲无。

两首七绝如此一并，妥妥地构成了一首悼念彭大将军的七律。原绝诗中的对句恰恰构成了律诗的两联对偶。这首七律，消除了失粘，使平仄入格，体式由绝句变体演变为律诗正体，结构完美，逻辑顺通，合辙押韵。最重要的是，诗中"百战余""月同孤""中霄泪""上将躯""三宿草""万言书""比干心""苌弘血"等隽巧修辞的结合，使诗意也更加充沛，从而彭总的伟大形象更丰满，其晚年的不幸结局更催人泪下。总之，这首七律对绝句来说可谓锦上添花。

两首绝句如此契合互补，天设地造般地形成一首同题律诗佳作，实为诗坛所罕见。也足见杨启宇先生驾驭格律诗词的水平之高。此二绝之妙配，可谓增添了一则诗坛佳话。

2021 年 11 月 6 日

后　　记

　　这本诗词集问世了，它是笔者年逾八十而圆的一个梦。虽然水平不高，但颇感欣慰；虽然诗可养生，但也耗费了许多心血。回想退休后这些年，在诗兴来潮之时，常常为了推敲一句话，乃至一个词或一个字，而难以入睡。因此也深感作诗之不易。进入耄耋之年后，明显感到智力衰退，精力不济，视觉模糊。加之老病缠身，以后不可能再有余力出版诗集，故对此书颇为珍惜。

　　本诗词集得以出版，端赖出版同人及亲人好友的热情帮助。要感谢中国社会科学出版社赵剑英社长和陈彪副总编辑的大力支持；感谢文学与新闻传播出版中心主任郭晓鸿同志的认真审读把关；感谢就笔者的诗词奉献墨宝的张振福和王磊两位书家赏光；还要特别感谢著名书法家张志和先生慨然挥毫为本书题写书名，给本书增光添彩。

作　者